ハヤカワ文庫SF

〈SF1953〉

宇宙英雄ローダン・シリーズ〈471〉

マルゴルの大波

エルンスト・ヴルチェク

赤坂桃子訳

早川書房

7351

PERRY RHODAN
PAKT DER PARATENDER
DER MARGOR-SCHWALL
by
Ernst Vlcek

Translated by
Momoko Akasaka
First published 2014 in Japan by
HAYAKAWA PUBLISHING, INC.
This book is published in Japan by
arrangement with
PABEL-MOEWIG VERLAG GMBH
through JAPAN UNI AGENCY, INC., TOKYO.

目次

マルゴルの大波

登場人物

ジュリアン・ティフラー…………自由テラナー連盟（ＬＦＴ）首席テラナー
ロナルド・テケナー（テク）………銀河間問題担当テラ評議員
ジェニファー・ティロン…………テケナーの妻
ホトレノル＝タアク………………ラール人
ロクティン＝パル…………………ラール人プロヴコナー
ボイト・マルゴル
ブラン・ホワツァー
ダン・ヴァピド
エアウィ・テル・ゲダン
…………ガイア・ミュータント
ガリノルグ…………………………ヴィンクラン人
ドオムヴァル………………………テクヘター
ルコル・ガリジャ＝ピオッコル……スプリンガー
テツォール…………………………先ツォッターの王
ケーリル……………………………ツォッターの男
ウェイテル…………………………ツォッターの女。高位神官
アールツァバ
エテアラ
シャウダ
……………………ツォッターの女

パラテンダーの協定

エルンスト・ヴルチェク

1

「ラール人ですか！」ルコル・ガリジャ＝ピオッコルは、《ガリジャテヴ》にはいってきた乗客二名に向かってとくに驚きもせずにいった。「ようこそ！」

「わたしはホトレノル＝タアクだ」ラール人がおごそかにいった。

あまりのことに、ルコルは言葉を失った。暗黒星雲の近くでラール人を見かけるのは、それほどめずらしくない。プロヴコン・ファウストには、その昔仲間たちから逃れてきたラール人たちが、まだたくさん住んでいる。七種族の公会議に謀反をくわだてたロクティン＝パルがひきいるラール人プロヴコナーたちだ。だが、かつての不倶戴天《ふぐたいてん》の敵が目の前にいるのは、わけが違う。

このラール人の身元を確認する方法はなかった。だが、相手を信じない理由があるわけでもない。自分をホトレノル＝タアクと名のるラール人など、いるだろうか？　かれが偽名を使うほうが、よほど理解できる。

ピオッコル氏族は、昔はラール人と活発に交易していた。ガリジャの一族も例外ではない。だが時代がうつり、人々はラール人とつながりが深かった事実をかくすようになった。それでもかつてのヘトソンの告知者とじかに会えば、憂鬱な記憶が呼びさまされるというもの。

「わたしとわたしの氏族にとり、この船内であなたとお目にかかれるのは特段の名誉です、ヘトソンの……」そういいかけたルコルを、ラール人は突然さえぎった。

「それは過去の話だ」と、ホトレノル＝タアクはいって、隣りにいるヴィンクラン人をさししめし、「以前に約束した真空案内人のガリノルグだ。もうひとりの真空案内人を解放してもらおうか、族長」

「ルコル・ガリジャ＝ピオッコルですが」礼を欠くことがないように、族長はあわてて自己紹介して、「よろしい、交渉成立だ。それでは、あなたがわたしの宇宙船を暗黒星雲まで案内してくださるのですな？」

「そういう約束だったのでは？」ホトレノル＝タアクの隣りに立つ、ラール人より頭ひとつ分大きなヴィンクラン人がいった。

「もう一度確認したかったのでね」

ルコルが機器コンソールのところにいる義理の兄弟に合図すると、かれは牽引ビームを解除した。この牽引ビームで、べつの真空案内人の小型フェリーを転子《ころ》状船の外被に縛りつけていたのである。

ルコルは、プロヴコン・ファウストに飛行するのをあきらめかけていて、この作戦を決意したのをずっと悔いていた。

すべてはガルルフ・オンデ＝ピオッコル・ジュニアが提案した家族会議ではじまったもの。ガルルフはかれらに氏族の衰退を阻止するための計画をしめした。超重族の小軍団と同盟をむすび、かつてのラール人の手先たちをプロヴコン・ファウストにこっそり潜入させようとしたのである。

ルコルは、会議に出席していたほかの三名の船主と同様、この作戦にはそれほど乗り気ではなかった。だが、ガルルフの船内にいる超重族の威圧的な存在感が、この一件から手をひくことをかれらに許さなかったのである。

その後、偶然にも宇宙震が救いの手をさしのべてくれた。この宇宙セクターにカタストロフィが迫っているという知らせをうけ、超重族たちはガルルフの宇宙船で逃亡し、リニア飛行で全員が死んでしまったのである。それによりピオッコルの一族は無能な族長から解放されたばかりでなく、もう一度超重族とかかわりをもたねばならないという強迫観念からも自由になれた。

新しい族長としてアラファン・タラパ＝ピオッコルを選出し、今後ピオッコル氏族はりっぱな商人のイメージを追求しようと議決して、一族は散っていった。

だがルコルはガルルフの計画の一部をあきらめきれず、《ガリジャテヴ》のコースをプロヴコン・ファウストにとっていた。人々の宝探しにくわわるつもりはまったくなく、暗黒星雲に移住した冒険者たちに各種商品を売りつけ、もうけようとたくらんだのである。

〝巡礼の父〟計画が終了し、ほとんどすべてのガイア人が地球に移住してから、ポイント・アレグロの宙域は、経済面で非常事態におちいっていたからだ。あらゆる銀河系種族出身の数万人もが、突然に宝探しにやってきてからというもの、物資の需要は高まるばかり。ルコルの転子状宇宙船の貨物室は商品で満杯だった。それに幸運の騎士たちは遊び好きで、ルコルはかれらの要望にもこたえようと考えていた。なにしろガリジャ＝ピオッコルは芸人の血筋なのである。《ガリジャテヴ》船内には、一流の調教をうけた異国の動物たちがたくさんいる。ルコルは日替わりで新しい出し物を夜通し提供できるほどだ。

だがプロヴコン・ファウストに到着した《ガリジャテヴ》の見通しは暗かった。進入を拒否された宇宙船がすでに数十隻も待っていたのである。GAVÖKとLFTのパトロール艦も例外ではない。ルコルが耳にしたところでは、死をもたらす星間物質カバーをくぐりぬけて飛行するのを、ほとんどの真空案内人はいやがるのだという。いちおう登録されている数名のヴィンクラン人も、誘導ステーションのバリケードのなかにたてこもり、サービスの提供を拒んでいる。

突然、テラのコルヴェット一隻が出現。暗黒星雲の星間物質カバーのなかにある誘導ステーションを砲撃し、姿を消した。フェリーに乗っていて助かった案内人はたったひとり。真っ先に状況を把握したのはルコルだった。牽引ビームを使ってフェリーを捕まえる。

そのあと、予期せぬことが起きた。

国籍識別標示も署名もない中規模の球型輸送船が出現し、《ガリジャテヴ》と交信しようとしたのである。相手はすぐには素性を明らかにしようとしなかったが、ルコルに変わった提案をした。自分が人質になり、捕虜たちとひきかえに経験豊富な真空案内人を紹介するというのだ。

「それでわたしがなにか得をするのか？」ルコルがたずねる。

「メリットはあります」と、答えがあった。「いま捕虜になっている真空案内人は、まったくあなたの役にたちません。星間物質カバーを案内するように強制はできませんからね。でも、その捕虜を解放してくれれば、自発的に案内を買ってでるヴィンクラン人一名を紹介できます」

「なぜそんな風変わりな取り引きを？」ルコルは答えを要求した。

「あなたとは関係ない個人的な理由です。さ、決めてください。捕虜をそのまま拘留するか、プロヴコン・ファウストにはいるか」

ヴィンクラン人は突飛なことを考える連中だという噂は、すでに銀河をかけめぐっていた。かれらは相手が自分たちにしっくりこないと判断すると、星間物質カバーの内部にいれようとしない。目下の状況は、ヴィンクラン人たちの一時の気まぐれで生じたのだろう。かれらがいつ意固地な態度をやめ、プロヴコン・ファウストを開放するか、だれが予測できよう？

この考えが決め手となり、ルコルは取り引きに応じたのだ。

ルコルはスクリーンを見て、真空案内人の船が転子状宇宙船からはなれ、球型輸送船のほうにコースをとるのを確認。

「わたしは約束を守ったぞ」といってから、ヴィンクラン人に、「こんどはあなたの番だ」

ガリノルグは黙ってうなずき、主制御コンソールに向かった。

ルコルはラール人のほうを向いた。だが、ルコルがなにかいう前に、一族のひとりが探知センターから連絡してきた。

「ブルー族の円盤船が接近してくるぞ。ぴったり接近するつもりらしい。われわれの航路にはいって星間物質カバーをぬける魂胆だ。どうしたらいいだろう？　船首すれすれに威嚇砲撃をお見舞いしようか？」

「あなたの意見は、ホトレノル＝タアク？」ルコルはラール人にたずねた。「ブルー族の円盤船がわれわれの宇宙船にぴったりつくと、やっかいなことになりますか？」

「知ったことではない」と、ホトレノル＝タアク。「ブルー族と交信して、警告を出すんだ。真空案内人がいないのにわれわれに接近してくれば、死が待っている」

ルコルは通信装置に近づき、警告を発した。

「われわれをひきはなせるかどうか、やってみるがいい」それがブルー族のぶっきらぼうな答えだった。ルコルが警告をくりかえす前に、通信はぷつりと切れた。

「やってはみましたが」と、かれはホトレノル＝タアクのところにもどってきて、いいわけをするように、「ブルー族は運がよくて、《ガリジャテヴ》の飛行進路を追いかけられる有能な案内人を見つけたのかもしれませんな」

だが、ホトレノル＝タアクは主スクリーンから目をそらさずに、かぶりを振っている。そのあいだに転子状船は動きだし、星間物質カバーの先端にもぐった。ブルー族の宇宙船は影のようにうしろからついてくる。

《ガリジャテヴ》はその直後、急に乱流に巻きこまれた。機器類が作動しなくなり、ガリノルグがはじめて介入しなければならなかったほど。だが、状況はすぐにおちついた。スクリーンに、星間物質のないゾーンが蛇行しながら前方にひろがっているのがうつしだされる。ルコルはふとガス状巨星の霧でぼんやりした大気圏にはいったときのことを思いだした。ただ違うのは、そうした毒ガス惑星は、原則としてハイパーエネルギー嵐に襲われない。

ルコルは円盤船が星間物質のヴェールからあらわれ、その先は粒子のない透明なガスになっているのを見た。まったく危険そうではない。

だが《ガリジャテヴ》は急に不可視の力につかまれ、はげしく揺さぶられた。警報のサイレンが鳴りひびく。スクリーンは暗くなり、それから全体に閃光が走った。計器を見たルコルは、表示されている数値が意味をなしていないのを知る。船内ポジトロニクスは、音響警報と視覚警報を発している。ホトレノル＝タアクをのぞき、ただひとり司令室内で冷静だったガリノルグは、ポジトロニクスのスイッチを切った。

ふたたび宇宙船が揺れだす。こんどは最初よりずっと振動が強い。ルコルは、自分たちが大規模なハイパー放射の中枢部にいるように感じたのだが、ガリノルグがほんとうの理由を教えてくれた。

「これでブルー族円盤船の短い旅は終わりました」と、感情のない声でいいはなつ。ルコルは青ざめた。

「そんなにあわてるな、族長」と、ホトレノル＝タアク。「きみのためのそなえはしてあるから。われわれにはなにも起きやしない。ガリノルグはわたしの知るかぎり、もっともすぐれた真空案内人だからな」

「この飛行はどのくらいつづくので？」と、ルコル。

「数時間かもしれんし、数日かもしれん」ホトレノル＝タアクが答えた。「あらかじめ予測するのはむずかしい。だが、長めの飛行の準備をしておいたほうが無難だろう」

ルコルはすっかり緊張していたが、ラール人の冷静さをできるだけまねしようとして、

「飛行が長びくのなら、わたしの宇宙船を案内し、わが氏族を紹介しましょう」と、提案する。

「それはいいな」と、ホトレノル＝タアクも同意した。「かれらと相談したい案件がいくつかあるから」

＊

「先を歩かせていただきます、ヘトソ……いや、ホトレノル＝タアク」スプリンガーの族長は卑屈な態度でそういい、ホトレノル＝タアクの先に立った。

ルコル・ガリジャ＝ピオッコルの態度は、古い時代の記憶を呼びさまさせた。ラール人がいまだに銀河系を支配し、ホトレノル＝タアクがいまも人々の生殺与奪権を握る絶対的な君主のようにふるまったからである。

ラール人は族長の案内で転子状船の通廊を移動しているあいだ、じつにうまくいった

と感じいっていた。ガリノルグと船内にはいったとき、ほんとうはラール人プロヴコナーと名のるつもりだったもの。だが突然のひらめきにしたがい、素性を明らかにしたのだが、それは得策だった。なぜなら、ルコルはかつて七種族の公会議に反逆しなかったスプリンガー氏族の出身だとわかったからである。

それがわかったときから、かれはルコルを自分の計画にくみいれた。

「プロヴコン・ファウストの状況はいかがです、ホトレノル＝タアク？」ルコルは船内を先導しながら質問した。「莫大な宝があるという噂はほんとうでしょうか？」

「もちろんさ！」と、ホトレノル＝タアク。「そのことできみともっとくわしく話をしたい。だがその前に、船内を見せてくれ、ルコル」

親しく呼びかけられ、スプリンガーは気をよくしている。ホトレノル＝タアクは、脅したりしなくてもルコルを自分の目的にかりだせるだろうと確信した。

ルコルが最初に見せたのは動物ステーションである。大きな貨物室に檻がずらりと並んでいる。水中、陸上、空中に棲む二百種類の動物がはいっているのだ。ルコルは、多くの惑星動物園がかれの外来種の動物をうらやんでいると鼻高々である。だがホトレノル＝タアクは的確な判断が下せるほど、惑星動物相を知っているわけではなかった。肉食獣、爬虫類、鳥類、両生類を見せられてもぴんとこない。かれは関心があるふりをして、見学をつづけた。スプリンガーがいいところを見せる機会をあたえるためである。

ホトレノル＝タアクは、すでにまったくべつのことを考えていた。これまでの出来ごとを振りかえり、次のステップはどうすべきかと思案していたのだ。これまでしたことも、しようとしていることも、すべてボイト・マルゴルを助けるためだ。かれのために最善をつくしたい。マルゴルの命令に背いたにもかかわらず、自分は忠実なパラテンダーであると思っているのだ。

ホトレノル＝タアクは、ボイト・マルゴルが大局を見誤っていく傾向にあると感じている。かれはサイコドにあまりにも没頭して虜《とりこ》になり、現実的な感覚を失う危険があった。ここで目をさまさなければ、父ハルツェル・コルドと同じ道を歩み、同じ運命におってしまうだろう。サイコドの放射は、かれを狂気からやがては死に追いやるかもしれない。マルゴルの父を個人的に知っているガリノルグも、同じように考えていた。ヴィンクラン人もその兆《きざ》しに早めに気づいていたからこそ、ホトレノル＝タアクが独断で行動するのを支持したのである。

暗黒星雲を出ることをマルゴルが禁じていたにもかかわらず、かれらは球型輸送船で九千名のテンペスターをイオタ＝テンペストに運び、パラプラズマ球体の不吉な放射から救ってやった。そうでなければマルゴルはテンペスターを破滅させていたかもしれない。実態を知らずにかれらを戦闘員として使っていたからだ。

だがホトレノル＝タアクは、テンペスターがプロヴコン・ファウストの外でふたたびよみがえり、本来の凶暴さをとりもどすとわかっていた。マルゴルが銀河征服のための次の作戦行動でもテンペスターの戦闘部隊をあきらめなかったので、ホトレノル＝タアクは救助活動をはじめたのである。

マルゴルはきっとかれに感謝などしていない。陰謀家のロクティン＝パルが裏で動いたからである。ホトレノル＝タアクは、自分とガリノルグがガイアにもどったらどうなるか知っていた。それればかりか、自分たちがプロヴコン・ファウストを出るときに乗った輸送船は、星間物質カバーから出たら捕まってしまうだろうと確信していた。

だからこそ、かれらはスプリンガーととりひきし、捕まえられた真空案内人のプレナー＝ジャルトを解放したのである。プレナー＝ジャルトが球型輸送船でプロヴコン・ファウストにもどり、人々の注目を集めているあいだに、かれらはスプリンガー船でこっそりパラプラズマ球体にはいりこむことができた。

ホトレノル＝タアクは、この陽動作戦によって時間をかせぎ、ツォッタートラクトに行こうとしているのである。なぜなら、ガリノルグも同意見だったが、サイコドの秘密を明らかにしなければ、ボイト・マルゴルを助けられないからだ。謎を解くのに、サイコドが生まれたツォッタートラクト以上の場所があるだろうか？

ラール人は、ルコルが倉庫に満杯の商品を見せてもとくに驚かなかった。族長がかれに親族を紹介し、表敬パーティに招待したときには、面倒なことになったと思ったもの。

ルコルはうけあった。「食事が口にあわないという心配は無用ですよ、ホトレノル＝タアク。あなたはわれわれが《ガリジャテヴ》で迎えた最初のラール人ではありませんし、コックもラール人にあう食事をつくることをこころえています」

ルコルがいったことは嘘ではなかった。ホトレノル＝タアクはしばらくぶりに食事を堪能したのである。

かれはそれまでのルコルとの会話にはあまり関心がなかったが、ついにテーマが望んでいた方向に切りかわった。

「プロヴコン・ファウストの財宝について話したいということでしたが、ホトレノル＝タアク」と、族長がいった。「わたし自身はこの噂をそれほど重視していませんでした。でもあなたの話から、たんなる噂ではないかもしれないと思えてきましたよ。いったいどんな財宝なので？」

「没落した文明の芸術作品だ」と、ホトレノル＝タアク。「この芸術作品はとびきりの美しさで、想像を絶する価値がある。以前には四星系のすべての惑星にあったのだが、その後、古い礼拝所で掠奪が行なわれた。鑑識眼のあるプロヴコン・ファウストの玄人だけが、その価値を発見できたわけだが」

「あなたは暗黒星雲の玄人ですよね、ホトレノル＝タアク」ルコルはそういって、目をぎらつかせ、「その発見場所を知らないのに、この話題を持ちだしたりはしないと思いますが」

「発見場所を知っているだけでは、不充分だ」と、ホトレノル＝タアク。「この貴重な芸術作品の創造者が生まれた惑星ツォッタートラクトは、危険きわまりない。切りたった山岳惑星の礼拝所まで遠征するには、危険をものともせぬ勇気とすぐれた装備が必要でね。生活条件も過酷で、突然温度が急降下したり、砂嵐と雹《ひょう》が交互に襲ってきたりするし、太古の動物たちと退化した現住種族は非常にやっかいだ。宝を探す者たちの行く手をさえぎる障害物は、そのほかにもたくさんある」

「ホトレノル＝タアク、あなたはおそろしい例をあげてわたしをひるませようとしているのですか」ルコルはそわそわして、「計画を実行するようにはげましてくれるのかと期待していたのですが」

「ツォッタートラクトでどんな事件が予測されるか、黙っているわけにはいかないだろう」と、ホトレノル＝タアク。「だがたとえ危険がいかに大きくても、それをする価値はある。わたし自身、何回か遠征に成功しているし、いつでも苦労したぶんの見返りはあった」

「どんな問題があったのですか、ホトレノル＝タアク？」

「装備がたりなかったし、同じ志をもつ者の支援も得られなかった」

「わたしならその両面で力になれると考えているわけですな、ホトレノル＝タアク？」

ラール人はテーブルをたたいていった。

「よし、話は決まった。きみが協力してくれると、しかと聞いたぞ、ルコル」

「わたしはまだ約束していません。そういう可能性もある、ということで……」スプリンガーの族長は反論する。だが、司令室の呼びかけがそれをさえぎった。ルコルはホトレノル＝タアクにわびてから、ヴィデオカムに出た。

交信内容はよく聞こえなかったが、ラール人はおおかたの察しがついていたし、ルコルの反応も予測していたもの。

「これはいったいどういう意味です、ホトレノル＝タアク！」もどってきたスプリンガーが、興奮していった。「部下たちの話では、あなたの案内人は星間物質カバー内の一惑星をめざしているらしい」

「ツォッタートラクトだ」ホトレノル＝タアクがしずかにいった。「われわれの目標さ。いまそのように合意したじゃないか」

「まるでスタートしたときから、われわれの合意を前提にしていたようですね」と、ルコルはいきりたっている。「いいですか、われわれの目標はガイアです。ガイアで市場を開拓してからでないと、宝探しの話などできません」

「わたしは理由があってガイアには行けないんだ」ホトレノル＝タアクが応じた。「ひとまずツォッタートラクトに着陸し、状況を冷静に考えるんだな。わたしの提案に反対なら、いつだってまたガイアに向けてスタートすればいいんだから」

ルコル・ガリジャ＝ピオッコルはだまし討ちにあったような気がしたが、結局、屈してしまった。そうするしかなかったのである。

2

ジェニファー・ティロンとロナルド・テケナーは、ジャングルの木々におおわれた地下の丸天井の広間についた。ボイト・マルゴルのパラテンダーのもとから逃亡したふたりは、ここにグライダーをかくしたのである。その後テケナーは、テクヘターの首都を偵察するために、ふたたびグライダーを使用。そこまではよかったのだが、〝ラキクラスの精霊〟が向かってきたときに、グライダーが数トンもある重い岩石プレートの下に埋もれてしまった。

だが、精霊現象の原因は、ツォッターの女の一集団がサイコドを使って実験をしたためとわかる。この実験のいわば副産物としてテケナーとジェニファーのパラプラズマ複製がつくられ、マルゴルのパラテンダーたちはそれを死体だと勘違いした。こうしてふたりは死んだものと思われたのである。

だが、ラキクラスの遺跡には、いまだにパラテンダーがうようよしている。かれらはテケナーとジェニファーの細胞活性装置を探すためにマルゴルに送りこまれたのだ。当然の話だが、かれらの〝死体〟は装置を装着していなかったから。

「まずいな」テケナーは円天井の縁からのぞきこみながらいった。下に見える光景が気にいらないのだ。岩石プレートがグライダーの天井を突きさし、機体をめちゃめちゃにしている。

「また飛行できるように修理できるの、テク？」かれの横でジェニファーがいった。「グライダーはどうしても必要だわ」

テケナーは肩をすくめた。たとえ修理できたとしても、このグライダーだけではこころもとない。ちいさすぎるのだ。なにしろ、まだ三十名のツォッターがいるのだから。そのうちの三分の一は女で、三分の一は性別変遷期にはいっている転換者。のこる三分の一は、ツォッターの男である。全員が一堂に会しでもしたら、頭がどうかなってしまうにちがいない。

グライダーがあればテクヘロンに飛行し、そこでもっと大きな輸送船を、うまくいけば宇宙船を掠奪できる。いずれにしても、グライダーが飛行可能であることが前提条件だ。あまり期待できないが、ためしてみるだけの価値はある。

「テツォール！」テケナーがうしろに向かっていった。藪がかさかさ音をたて、ツォッターがあらわれた。本人の説明によれば、かれは血と肉でできた存在ではなく、ある先ツォッターの〝パラプラズマ受肉〟なのだという。この先ツォッターは、十万年前にかれの祖先を〝肉体なき者〟にした。しかしそれは全員ではなく、ごく一部だったという。現在のツォッターたちが悲惨な状態にあるのは、こうした事情によるのだ。ボイト・マルゴルと、サイコドの破壊的な放射、そしてプロヴコン・ファウストをとりかこむ星間物質カバーの致命的な大渦巻は、先ツォッターの無能力にそもそもの原因がある。

テケナーとジェニファーは、テツォールのサイコドから真実を聞いた。だがテクはそのことについてまだ考えられないでいる。あたえられた知識と洞察をすべて自分のものにするには、そうとう時間がかかるだろう。だから積極的に行動し、行動によって気をまぎらすほうがいい。

「呼んだか、テク？」テツォールは、けっこう流暢《りゅうちょう》なインターコスモを話す。ツォッターの女たちと精神的にコンタクトして習得したのである。女たちの実験により、テツォールはパラプラズマ形態をとることができるようになった。だからテケナーはかれをかんたんに〝シント〟すなわち、合成生物と呼んでいる。けっして差別的な意味あいではないのだ。

「岩石プレートをどける力がのこっているか？」テケナーは身長一メートル三十センチメートルのヒューマノイドにたずねた。身長にくらべると、頭が度はずれて大きい。顔は粗野な印象だが、表情豊かだ。

「遠い昔を振りかえり、それからきみたちのパラ標本をつくったから、かなり力を使いはたしてしまったが」と、パラプラズマ生物は考えこみながらいった。「でも必要があるなら、アールツァバといっしょにやってみるよ。サイコドが力をくれるはず」

アールツァバはラキクラスのツォッターの女性集団のリーダーである。彼女は同性の発端者《ほったんしゃ》たちと協力し、サイコドを使ってテツォールに肉体をあたえるのに成功した。

テツォールが名を呼ぶと、卵形のものを持ったツォッターの女が空き地にあらわれた。背後で転換者たちの歌うようなおしゃべりが聞こえる。だが、女が命令口調で注意すると、たちまちしずかになった。

アールツァバがテツォールに卵形のサイコドをさしだすと、かれは彼女の手とサイコドを握りしめた。テケナーは意識を集中しているふたりを、じっと見つめている。

一瞬、なにも起きないかと思った。だが一分すると、数トンの重さの岩石プレートが浮いてグライダーの屋根からはなれ、上方に移動しはじめたではないか。プレートは数メートル先で森の藪のなかに落下。

「すばらしい」テケナーは賞讃し、丸天井にもぐりこんだ。「こんどはわたしの番だ。うまくいくように祈ってくれ」

「どう?」ジェニファーが丸天井をのぞきこんでいった。彼女の夫はスクラップ同然のグライダーのなかで作業している。

テケナーはグライダーの状況を説明し、もう一度飛行できるかどうかについては、ロ汚い罵《のの》りの言葉を吐くばかり。

「つまり、使える見こみはないということね」と、ジェニファーが解説する。

「技術的な問題だから、わたしもなにもできない」テツォールが残念そうにいった。

「ペトロニアーなら手先が器用なのだが」

ペトロニアーというのは、星間物質カバーをつくったあの〝宇宙の技術屋〟たちである。その後このカバーのなかに百万人もの先ツォッターが消えたのだ。

「あんなスクラップでは、宇宙の技術屋の技能も役にたつまい」と、蔓植物をよじのぼって丸天井から出てきたテケナーがいった。ため息をつき、「パラテンダーから輸送手段を手にいれるしかないな」

「それがあまりにも危険なら、トブスカン……もとい、ラキクラスをわたしのサイコドで出られるかやってみよう」と、テツォールが提案した。トブスカンは、以前にテツォールの離宮があったラキクラスをあらわす先ツォッターたちがつけた名前である。だが、かれはすぐにいいそえた。「サイコドはかなり弱くなっているから、アイランド／ツォッタートラクトまで行くことはできないだろう。だが、宇宙船の近くまでは行きつけるかもしれない。どうしてもというのならね」

「どうしてもそのサイコドを、というわけではないわ」と、ジェニファー。「力が弱くなっているのなら、緊急時にそなえて使わずにいるほうがいい」

テツォールが大昔にこのパラプラズマ芸術作品を創造したとき、かれは自分のすべての知識とプシオン・エネルギーをそのなかに注入した。それはジェニファーとテケナーも知っていたが、プシオン・エネルギーの大部分はすでに消費されている。テツォールがツォッターの女たちといっしょに、ジェニーとテクの標本をつくったのが大きな原因だ。ボイト・マルゴルのあらゆる超心理性攻撃に対して免疫をつけるためだが、この処置が成功だったのかどうかは実地で明らかになるはず。いずれにせよ、プシ触媒としてのサイコドの可能性はそれによって損なわれた。

「テクヘロンへ行って宇宙船を手にいれる方法は、なんとか見つけるさ」と、テケナー。

「われわれにはドオムヴァルがいるんだし。かれはラキクラスの滝の近くでわれわれがくるのを待ちこがれている」

「中毒症状が出ているテクヘターにたよるのは危険じゃないの?」ジェニファーが心配してたずねた。

「中毒だからこそ、ムナルクォンのためならなんだってするだろう」と、テケナーは応じ、ベルトのように腰に巻きつけているプラスティック・チューブをたたいた。このなかに〇・七五キログラムのムナルクォンが詰まっている。

かれらは出発した。人間二名とツォッター三十一名だ。かれらのうち行動能力のあるのは、三分の一にすぎない。

に急ぐ。

＊

だれかが黙らせた。テケナーは身をかがめて、最初に警告を発したジェニファーのほう

一行に注意を喚起するため、テケナーは手をあげていった。転換者が歌いはじめたが、

「パラテンダーだ！」

かれらはラキクラスを横ぎって反対側に到達し、遺跡をすでにあとにしていた。ラキクラスの滝がすぐ近くにある。テケナーが知るかぎり、この種の自然造形物としては最大規模で、長さ四十二キロメートル、落差は四百メートル。空気に細かい水滴が混じり、落下する水音があまりにもうるさいので、大声を出さないとおたがいの声も聞こえない。

テケナーは妻に追いついた。目の前に人工的につくった空き地がある。長さ二百メートル、幅三十メートルほど。パラテンダーたちがジャングルの一部を開墾し、居住用ドームをつくったのだ。グライダーの着陸場もあるが、いまは一機も駐機していない。

「かれらの本部のようだな」テケナーがいった。パラテンダーが八名いるが、ごくふつうの人間のような印象だ。ドーム内にいる者もふくめれば、この二倍の数はいるだろう。

「かかわらないほうがよさそうだ」と、テケナー。

ジェニファーはうなずき、ドームのひとつをさししめした。アンテナが何本も突きだ

している。

「きっと探知機とハイパーカムを装備しているわ。かれらはマルゴルがプロヴコン・ファウストのどの惑星にいても連絡がとれるはず」

うしろでふたたび転換者が歌うように話しはじめ、すぐにほかの者たちがくわわった。

「くそ！」と、テケナーが悪態をつく。「愚か者め、われわれをまた不幸にひきずりこむつもりか。やつらをジャングルに置いてきたいよ」

「ともかく先に進める方法を考えましょう」ジェニファーが催促する。「ここにいてもどうしようもないから」

テケナーはうなずいた。ふたりがツォッターたちのところにもどると、テツォールとアールツァバが期待にあふれた表情で待っている。かれらに状況を報告するかわりにテケナーはいった。

「もっと転換者たちに気をつけてくれないか。そうでないと、かれらをまた送りもどさなければならない」

アールツァバは狼狽《ろうばい》し、悪魔払いをするようにテツォールのサイコドを持ちあげている。テケナーは彼女のいいわけを待たず、動きだした。ジェニファーもかれと足並みをそろえる。

ふたりはパラテンダーの拠点を迂回し、滝のある切りたった崖をめざした。かつてテクヘターたちが住んでいた居住用洞穴が並んでいるのだ。そのひとつにドオムヴァルがいる。テケナーの情報提供者で、ムナルクォン中毒のテクヘターだ。ジャングルが終わるところまでは、ぶじに到着。滝の音が耳を聾せんばかりの轟音《ごうおん》に達している。霧状になった水の壁が視界をじゃまするので、滝は見えない。絶壁も霧のヴェールごしにぼんやりと見えるだけだ。

テケナーはジェニファーに手で合図して、洞穴によじのぼるので、背面から援護するようたのんだ。ジェニファーは了解の合図をし、パラライザーを出した。注意して、とサインを送っている。

そのときテケナーの背中にだれかがそっと触れた。あわてて振りむいたかれは、唐突な動きで、テツォールをすんでのところで転倒させるほど。テツォールにアールツァバとツォッターの女二名がつきそっている。テケナーはきびしい叱責を浴びせようとしたがあきらめた。なにをいっても理解されまい。

テツォールは、アールツァバが両手でかかえている卵形のサイコドを指さした。たぶん、必要があったらサイコドの力を借りられるといいたいのだろう。だがテケナーは拒否した。いまは緊急事態ではないからだ。

ジェニファーにふたたび手で合図して、かくれ場を出る。身をかがめてぬかるんだ地面を歩き、岩盤のところに到着。岩塊の陰にかくれて立ちどまり、切りたった岩壁に視線を走らせた。疑わしい動きはない。そこでテケナーは決心してさらに進み、いまは使われていない居住用洞穴に通じる階段がある岩壁まできた。つるつるの段から何回か滑落しそうになったが、そのたびに体勢を立てなおす。

こうしてテケナーは、水しぶきですっかり濡れている洞穴についた。なかからはなんの音も聞こえない。内部の暗闇に目を慣らすため、数秒間だけ目を閉じてから、身を低くして岩の開口部に跳びこむ。ぐるりと一回転してふたたび両足で着地すると、掩体《えんたい》になる岩の突出部まで走った。テケナーは俊足だが、できるだけ音をたてないように気をつけたもの。その甲斐《かい》はあった。

岩の突出部の陰に身をかくして、かれは洞穴の内部をそっとうかがった。パラテンダー二名がテケナーの気配に気づいていないようすで、左側の壁の近くでうずくまっている。かれらの前にドオムヴァルが横たわり、熱のためにからだを震わせている。禁断症状だ！　テケナーは思った。

「きみの友に見捨てられたのが、まだわからないのか、ドオムヴァル？」一方のパラテンダーが嘲るようにいい、通信機を手でもてあそんでいる。外に立って、よそ者が接近したら知らせることになっている見張りと連絡するためだろう。なにか悪い予感がする。なぜかれは見つからず、はいってきたことが報告されなかったのか？　かなり遠くからでも見えたはずだが。まさか罠にかかったのでは？

「あのテクヘターは亡霊を見たんだ」もうひとりのパラテンダーがいった。「あいつの言葉は信用できない。かれが述べた特徴は、死んだLFTのスパイと合致する。生きかえったなんていうのは、空想の世界の話さ」

「お願いだ……」ドオムヴァルが言葉につまりながらいっている。「必要なんだ……たのむからあれをすこしくれ……もうこれ以上たえられない……」

「われわれがテクヘロンにつくまで待たねばならない……あるいは、きみの友がくるまでだ」ひとりめのパラテンダーがいった。「おまえが真実を証言すれば、充分なムナルクォンをもらえるだろうよ」

テケナーはパラライザーをいつでも発射できるようにして右手に持ち、もう一方の手でプラスティック・チューブをはずした。チューブをくるくると巻き、すばやく狙いをさだめ、ドオムヴァルの方向に投げる。パラテンダーたちが急の出来ごとに驚き、奇襲をかけやすくなることを期待したのだ。

だが、そうはいかなかった。かれがかくれ場から跳びだす前に、背中を金属のようなもので押されたからである。未知の声がいった。「下手《へた》なまねをするんじゃないぞ、坊や。おちついて、ゆっくりとわたしの前を歩くんだ」

テケナーは子供のようにかんたんに罠にはまった自分に腹がたってならなかった。ドオムヴァルの近くにいるパラテンダー二名はぜんぜん驚いていない。

「うまくいったな」ひとりがいった。「あとはこの中毒患者が真実をいっているのかどうか、調べるだけだ」

だれもドオムヴァルを見ていない。そのすきにかれは震える手でプラスティックのチューブを裂き、おや指とひとさし指を穴につっこんで、粉をひとつかみ自分の舌になすりつけた。効果はてきめんで、テクヘターの悪寒《おかん》はおさまった。

「いやはや!」ふたりめのパラテンダーが洞穴で叫んでいる。「これは神殿の遺跡から出てきた死人か……そうでなければ亡霊だ」

「調べてみようか?」テケナーをブラスターで威嚇したパラテンダーがたずねた。「発射してもこいつがなんともなかったら、亡霊だという証拠だからな」

「それはどうかな」ふたりのパラテンダーのうち大きいほうがにやりとしてテケナーに近づきながら、通信機をオンにした。「スパイを生けどりにしたらボイトがよろこぶだろう。奥方はどこかな?」電光石火でかれはテケナーの襟ぐりをつかみ、鎖にぶらさがっている細胞活性装置を奪いとった。「それに、これはボイトが重要視している例の卵形のやつじゃないか」

「なにか聞こえたが?」通信機から声がした。「岩壁をよじのぼっていたやつをひっとらえたのか? もう監視しなくていいのか?」

「こいつがひとりできたのならな」

「ひとりだった」

「よかろう。それからグライダーを一機たのむ。すぐにテクヘロンにもどらないとならない」パラテンダーは通信機をふたたび切り、テケナーに向かっていった。「ガールフレンドはどうした？」

「死んだ」

「きみと同じようにか？」

テケナーはかぶりを振って、

「遺跡の住人たちが彼女を捕まえ、自分たちの偶像の生け贄《いにえ》にしたのだ」と、大まじめにいった。「醜い小人だ。頭が巨大でね……人食いさ」

「それは先ツォッターの精霊だ！」ドオムヴァルがそういって、ムナルクォンをまたひとつまみ口に運んだ。ため息をついて、うっとりとうめきながら、「友は真実を話している。わたしはこの目で先ツォッターを見たんだ。神殿を冒瀆《ぼうとく》したりしたら、きみたち全員が殺されるぞ」

「ばかげている」パラテンダーのリーダーがいった。「遺跡には超自然的な力など存在しない。そんなばかげたつくり話は、テクヘロンにもどってから自分の子供に話したまえ、ドオムヴァル。だがまずはきみを〝特別扱い〟するとしよう。ボイト・マルゴルのしもべになってもらうためだ」

テケナーはそのあいだずっとじりじりしていた。ジェニファーとツォッターたちが近くにいるのを知っているので、同じ罠にはまらないように念じていたのだ。だが、かれが洞穴の入口に姿をあらわさないので、ジェニーはいぶかしく思っているはず。きっと適切な行動をとってくれるだろう。いまこの瞬間にも事件が起きておかしくない。なにかハプニングがあったら、自分のために利用してやろう。だが、時間がむだにすぎるばかりで、待つことはかれにとって苦痛以外のなにものでもなかった。

と、パラテンダーのリーダーの通信機が音をたてる。

「輸送グライダーがそっちに向かっている」スピーカーから声がした。「数分で絶壁の上の高原に着陸するから、移動を開始するように」

「それはまた、順調だな」通信を切ってから、リーダーがいった。「遅くても二時間以内にはテクヘロンにつけるだろう。飛行中に今回の成果をハイパーカムでガイアに報告しよう」

テケナーは、パラテンダー三名以外に自分の正体を知っている者がいないとわかり安堵した。マルゴルに隷属する者たちのなかには、ねたみやポジション争いがあるらしい。それで、おのれの成功をかくそうとする場合もある。あるいはたんに守秘義務のせいかもしれない。だが、テケナーにとってはどっちでもよかった。重要なのは、かれが生きているという噂がまだひろまっていないということである。

だが、ジェニーはどこだ！

「なんだ？」テケナーをまだ武器で威嚇しているパラテンダーがいった。空いているほうの手で、洞穴の奥のほうをさししめしている。ほかのふたりのパラテンダーも、その方向を見た。

卵形の物体だ。人の身長の高さあたりを浮遊し、動きが地面の起伏と連動している。

「ボイトがわれわれになにか合図を送ってきたのか？」と、リーダー。

ドオムヴァルはくすくす笑っている。

「あれはラキクラスの先ツォッターのサイコドだ」と、説明。「遺跡にはまだかなりの数がのこっているにちがいない。あのなかから先ツォッターの精霊が話しかけているのがわからないのか？」かれはしわがれ声をあげて、「あそこを見ろ！」

浮遊している王のサイコドのうしろに、巨大な頭を持つ小人の集団があらわれた。先頭に立っているのはテツォールとアールツァバである。

見張りが大きな声をあげてブラスターをかまえ、接近してくるサイコドを撃とうとしたとき、テケナーが目にもとまらぬ速さで武器をかれの手からたたきおとした。ほかのふたりのパラテンダーのほうにも走り、かれらの戦闘能力も奪おうとする。だが、かれらの顔を見たとたん、それが不要だとわかった。

テツォールのサイコドがテケナーの手間をはぶいてくれたらしい。ドオムヴァルにだけは王のサイコドは効果をおよぼさなかった。かれは這いながら後退し、動物のような声を出しながらはなれていく。ムナルクォンのはいったチューブを歯のあいだにはさみ、白い粉のシュプールをのこしながら。

テツォールに同行したツォッターの女たちが洞穴からあふれかえり、パラテンダーをとりかこんでいる。彼女たちはサイコドの力を強化したり制御したりして、マルゴルの奴隷たちの精神に影響をあたえているのだ。そのうしろから転換者たちとツォッターの男たちがきた。かれらはドオムヴァルを包囲して、ついに洞穴の壁まで追いつめた。かれはそこで自分自身のからだをかきむしり、けたたましい悲鳴をあげている。

最後にジェニーがやってきたが、テケナーはそれを潜在意識のなかで認めたにすぎなかった。ツォッターたちを見て発狂しそうになっているドオムヴァルをなだめるのに必死だったからである。細胞活性装置をとりもどしたテケナーは、脅したり、攻撃をするふりをしたりして、ツォッター集団を追いはらう。テクヘターが徐々におちついてきたので、テケナーはかれをサイコドのところに行かせ、ついに放射を浴びさせるのに成功した。

　ようやくジェニーのところにきて、

「ここでなにが起きているか、なぜわかったんだい？」と、質問する。

「テツォールが盗み聞きしていたの」ジェニーが答えた。テケナーの怪訝《けげん》な顔を見て、さらに説明をつづける。「テツォールはかれのサイコドを使ったのよ。すごい威力だわ。いまもパラテンダーたちをサイコドの影響下におさめているようにね」

「かれに急いでもらわないと」と、テケナー。「輸送船がわれわれを待っている。テツォールがそういう力をもっているのなら、ドオムヴァルのこともなんとかしてもらいたい。案内人として力を貸してもらう必要があるからね」

とっさの思いつきだったので、テケナーはそれ以上説明しなかった。ジェニーは話をつづけて、

「あなたが罠にはまってしまったと知り、洞穴に潜入するほかの方法を考えたの。そうしたらジャングルの側に入口が見つかったのよ。テツォールは危険をかえりみず、自分のサイコドを先遣として送ってくれたわ。サイコドが破壊されたら、かれ自身も終わりですものね」

「テツォールが今後はもっと慎重にやれるように、わたしも気をつけるよ」テケナーはジェニーにキスをした。夫婦というよりも戦友同士のようなキスである。テケナーはツォッターたちのほうに行った。

アールツァバと彼女の発端者たちは、転換者たちを束ねようと必死である。性別変遷期にはいっているツォッターたちは、袋いっぱいに詰めこんだノミよりも動きまわる。それにくらべればツォッターの男たちは手がかからないほうだ。

浮遊する自分のサイコドの前に立って瞑想中だったテツォールは、パラテンダー三名をしたがえ、テケナーのほうを向いている。

「かれらにしてほしいことを、いってみるんだ、テク」シントはいった。「パラテンダーたちはきみにしたがうから」

「どのくらいのあいだだ？」テケナーが質問する。

「わたしのサイコドの臨在感を上まわる力に支配されるまでは、大丈夫だ」テツォールが答えた。

「マルゴルのサイコドの臨在感のほうが強い支配力をもっていると、なぜはっきりいわないんだ？」テケナーはすこしからかう口調でいった。パラプラズマ・シントを侮辱するつもりがあったのではなく、はっきりとした説明を聞きたかったからだ。そうすれば、ボイト・マルゴルを相手にまわしたときに、自分にチャンスがあるかどうかわかるかもしれない。「かつてのしもべが主人より優位にたっていることを認めているのではないか、テツォール？　もしもマルゴルがそのように圧倒的な力をつけたのなら、なぜそれをとめようとしたりするのか？」

「きみの助けがあるからだ、テク」テツォールがいった。「われわれをツォッタートラクトにつれていってくれ。そうすればあそこにあるサイコドの力を借りて、マルゴルを制御する方策を見つけられるだろう」

マルゴル! いつだってマルゴルだ。テケナーはこの名前をもう聞きたくなかった。まるで、すべての創造物の浮沈がこのネガティヴ・ミュータントにかかっているようではないか。すくなくともプロヴコン・ファウストではそうだ。

テツォールと、暗黒星雲の星間物質カバーにはいっていった百万人の先ツォッターたちが、あのガイア・ミュータントを〝つくった〟。いつの日かかれがその構成要素となり、かれらが完璧になるのを助けてくれるだろうから。だがマルゴルは自分の道を行ってしまった。そして銀河系の諸種族は、とんでもないプレゼントをもらったのである。銀河のすべてを支配する力を持つスーパーミュータントだ。

「いいだろう!」テケナーはわかったというようにシントの肩をたたいたが、自分の手がかれのからだを通りぬけていくような感覚に襲われた。もう一度つかむと、こんどはテツォールの肩はしっかりとそこにある。シントは苦しそうな声でいった。「テクヘロンにつけば、状況はかなりよくなるでしょうがね」

3

パラテンダーのリーダーはマレー・ゲループという名前だった。テケナーはラキクラスの本部に伝言を命じた。

「われわれは神殿の遺跡の幽霊にとどめを刺した。われわれがツォッターの集団といっしょにあらわれても驚くな。かれらがなぜここにくるのか知りたければ、ボイトにたずねるのだ。秘密の指令に関することだから、わたしはこれ以上いえない。輸送船の操縦士にそのことを知らせ、テクヘロン宇宙港の管制塔にも、われわれが異種の一行とくることを予告するんだ。高速宇宙船を用意してほしい。テラのスペース＝ジェットかコルヴェットが一機あれば充分だ。それと……大騒ぎはするな！　テクヘターは近づけるな。かれらはツォッターに対して迷信的な不安感をいだいているからな。質問はうけつけない。ボイトもきみたちに感謝するだろう」

マレーはかれの話を一気に伝えはしなかった。それでもベースキャンプのリーダーたちとの会話をたくみに導いている。しかも岩壁をよじのぼりながらだ。パラテンダー三名は、態度から判断して指揮権を握っているらしい。だれが見ても、そのような印象をうけるだろう。

「うまくやったな、マレー」通信を終えたパラテンダーを、テケナーはほめた。

テケナーはマレーといっしょに先頭に立っている。岩壁を登りおえると、かれはほかの者たちのようすを見た。ジェニーは明らかに高山病の症状が出ている転換者二名の手をとってあがってくる。アールツァバと彼女の発端者たちも、性別変遷期の仲間たちが転落しないように奮闘中だ。

「目眩《めまい》でふらふら、目をつぶれ！」ツォッターの男のひとりが歌っている。

なんとか全員が高原に到着した。岩のいただきをこえると、目の前に輸送グライダーがあるではないか。エルトルス人パラテンダー二名が見張りとして立っている。かれらは奇妙なツォッター集団を見ても驚かなかった。どのような集団がくるのか、あらかじめ通信で知らされていたのだろう。

「かれらをうまく追いはらってくれ」テケナーはマレー・ゲループにささやいた。「守秘義務を守れというんだ。われわれ、すべて自分たちでやるから要員はひとりも必要ない。パイロットもだ」

マレーはエルトルス人たちのほうへ行った。短い会話中、かれらは何回もいぶかしげにツォッターたちを見やっている。なにしろツォッターたちが集まると、頭でっかちな子供たちの幼稚園のような印象で、ふるまいそのものも子供とあまり変わらない。

エルトルス人二名は譲歩し、グライダーのコクピットに向かってなにか叫んだ。パイロットがなかなから出てくる。

「ほかのだれかが操縦するのなら、それでもいいですよ」と、いってから、「テクヘロンの方向から嵐の前線が接近しています」

やれやれ、とテケナーは考えた。グライダーを操縦するのはかれしかいないからだ。テクヘターの天候はしばしば急変する。恒星がさんさんと輝いていたのに、数分後には吹雪《ふぶき》になることもあるのだ。この恒星アルワラル2の衛星は地球と同じくらいの大きさだが、ここを襲うブリザードはこの世の終わりを思わせるほどのすさまじさなのである。

テケナーはジェニーとともに、パイロットやエルトルス人に見られる前に、真っ先にグライダーに乗りこんだ。サイコドを持つテッォールは、マレーすら先に行かせて、いちばん最後まで外にいる。乗船がようやく終わると、のこった三名の疑いぶかい視線を浴びながら、テケナーはグライダーをスタートさせた。しばらくしてジェニーがコクピットにやってきて、副操縦席にすわり、

「やっとほっとしたわ」と、いった。「これほどかんたんにいくとは、思ってもいなかったから。ほかのパラテンダーたちが疑わないといいのだけれど」

「嵐の前線はもっと手強《てごわ》いだろうよ」と、テケナー。

ジェニーは横からためすような視線をかれに投げかけている。

「あなた、ほんとうにほかに心配ごとはないの、テク？」

かれは意味深長な笑いを浮かべ、

「テツォールとサイコドが近くにいるかぎり、わたしは自信をもてる。テクヘロンでも多くの障害を乗りこえるだろう。宇宙船を手にいれ、テクヘターからスタートできれば、ようやくマルゴルから逃げおおせる。そうしたら反撃に出るのさ！」

「テツォールの能力を過信しちゃいけないわ」ジェニーがいった。「このごろではかれの行動が的を射ていないときもあるような気がするの。力を使いはたしてしまって、弱体化しているのではないかしら」

「また回復するさ」

「たぶんね……でも、もう再生できなかったら？　かれは通常のものさしでは測れないわ。わたしたちがこれまで考えてきたような生命体とは違うのよ。テツォールは、たんなる……」

「……たんなるシントさ、わかっている」テケナーが言葉をひきついでいった。じっと考えこみながら、「ツォッターは一般的にべつのものさしではからなければならないのは、いうまでもないが……テツォールがほんとうに危機的な状況におちいっているのなら、ひとつだけためしてみたいことがある。ドオムヴァルを治療してほしいんだ。すくなくともそれぐらいはわれわれのためにやってくれるだろう。それが最後だとしてもね」

「そんなに悲観的に考えなくても、テク」

「テッォールの肩をたたいたときに、かれのからだを突きぬけてしまったような妙な感覚に襲われたんだ」と、テケナー。「それがたんなる錯覚なのか、それとも迫っている危機の最初の兆候なのかはどうでもいい。わたしはリスクを冒したくないんだ。ドオムヴァルをいったんひきうけ、ふたたび分別のある話ができるようになったら、解放してほしい」

「ドオムヴァルになにをさせるつもり？」

「テクヘターのかれは、パラ盗聴能力があるんだ」テケナーは説明した。「だから協力してくれ、ジェニー」

かれの妻はコクピットから出ていった。数分後、またもどってきて、

「いったとおりにしたわ。だから教えて、テク。ドオムヴァルは真空案内人としてどんな役にたつの？」

テケナーは自分の頭でコクピットのはるか前方をさししめした。真っ黒な雲の壁だ。ときどき稲光が走っている。かれらはまっすぐそこにつっこもうとしている。テケナーは飛行に集中しなければならなかった。ドオムヴァルについて答える義務から逃れたがっているようにも見える。かれ自身、まだ考えがまとまらず、頭のなかで計画を練りあ

げる必要があるのだろう。

突然、かれらは猛吹雪につっこんだ。ジェニファーは副操縦士の役割をはたさなければならない。彼女はテケナーと長いつきあいなので、ある特定の状況に対する夫の反応をあらかじめ予測し、かれの操縦にあわせた行動をとることができる。ふたりは呼吸がぴったりのチームなのである。出動中だけではなく、いつでもそうだ。ジェニファーはかれ以上の伴侶《はんりょ》はいないと思っている。この人はどんな状況も乗りきることができるし……と、自分の考えに没頭していたジェニーは、すんでのところで罵詈雑言《ばりぞうごん》を浴びせるところだった。心臓が一瞬とまるかと思うほど。グライダーがエアポケットにはまり、その直後に突風によってふたたび巨人の拳骨にたたきつけられたような衝撃が走ったのである。だが、彼女はテクよりすばやく反応し、グライダーを水平飛行にもどした。

「ありがとう、きみがわれわれの命を救ってくれた」と、テケナーが真剣な顔で感謝している。

嵐の前線はすでにはるか後方だ。

「あと十五分でテクヘロンに着く」と、テケナーが計器を見やりながら、「マレーを呼んでくれ。通信士として必要なのでね」

「テク、ドオムヴァルをどうするつもりなの？」ジェニーはまったく動こうとしない。「ツォッターたちとツォッタートラクトに行くと決めたじゃない。忘れないで」

「とくに変更はないよ」と、テケナーは無表情のまま、「その件はまた話そう。いまはマレーを呼んでくれ」

「ずいぶんいばっているのね」納得がいかない顔でジェニファーが出ていき、マレーがコクピットに姿を見せた。

「テクヘロンの管制塔に、われわれがきたことを知らせてくれ」テケナーはパラテンダーにたのんだ。「宇宙船の準備をしてほしい」

天気はふたたび理想的な状態になった。空が輝いている。恒星の光だ。テケナーは自動操縦装置のスイッチをいれ、パラテンダーに注意を集中できるようにした。マレーはテクヘロンの宇宙港に連絡。テケナーは会話に耳を澄ました。ラキクラスのベースキャンプから宇宙船を出してもらう話を確認している。ところがそうはいかなかった……

「それは規則に違反する。ガイアからスタート許可が出ないかぎり、宇宙船はテクヘターを出られない」それが宇宙船の準備を拒否する理由だった。さらに、「新しい規定がすこし前に適用されたのでね」

「なぜだ？」マレーがきいた。

「理由はわからない。だが、命令はロクティン＝パルから直接伝えられた。つまり、ボイトの命令と同じ意味をもつということ。根拠はしめされなかったが、じつは噂があって……」

「教えてくれ！」

「聞いたところでは、ボイトはLFTを攻撃するために艦隊を編成するつもりらしい。プロヴコン・ファウストは戦争状態にある。戦闘可能な宇宙船はすべて出動可能な態勢で……」

「スペース＝ジェット一機だぞ、おい！　われわれ、たった一機が必要だといっているのだ。そんなものでLFTに戦争をしかけられるはずがないじゃないか」

「命令は命令だ！」

「われわれは特別に全権を委任されている」

「それはすごいな。それならデイリーコードを教えてくれ……」

「われわれはサイコドを持っている！」

静寂があった。テケナーには永遠にも感じられた数秒がたってから、ふたたび声がした。

「自分がいったことがわかっているのか？　ボイトはすべてのサイコドをテクヘターからガイアに運ばせた。なのにきみがそんなことを主張するとは……」

「そうだ！　それ以上いうことはない。守秘義務を課せられているのでね」テケナーはマレーに感心した。これ以上のうけこたえは期待できないだろう。「もちろんそちらに行くときには証明を持っていく」

「それが条件だぞ。スペース＝ジェット一機を提供しよう。だが、緊急事態のための特別処置としてだ」

「緊急事態なのでね」

テケナーは通信を切り、マレーを去らせた。直後にジェニファーがドオムヴァルとコクピットへ。

「おお！　元気かい？」テケナーは月並みな反応をした。

「ドオムヴァルは、あなたが考えている秘密任務というのがなんなのか、知りたがっているわよ」と、ジェニー。

「まずはムナルクォンをちょっとやりたまえ」と、テケナー。

「もうありません」と、ドオムヴァル。「あれはもう必要ないので、トイレに流しました」

テケナーは納得して、

「われわれが先ツォッターの精霊を機内に乗せていても、なんともないのかい？」

ドオムヴァルは笑って、

「ちびのテツォールがわたしになにをしたか知りませんが、かれは魔法を使えるのでしょうな。急にすべてがはっきりわかるようになり、状況が見えてきました。ボイトについてもです。驚いたのなんのって！　この暗黒星雲にわれわれは五万年も住んでいるのに、なにが起こっているかまったく知らなかったなんて」ドオムヴァルは感じいったようにかぶりを振り、「あのちびが大言壮語しているのでなければ、われわれの終わりはすぐそこに迫っています」

「だがきみの力が必要なんだ、ドオムヴァル」テケナーがいった。「前に真空案内人だったんだろ？」

「以前にごく短期間だけです。〝巡礼の父〟計画を実行するため、非常事態でしたからね。でもこの能力は忘れるものではありません。なにしろ天性のものですから」

「それならわれわれをツォッタートラクトで降ろしたあと、プロヴコン・ファウストから出られるな」

ドオムヴァルはコクピットから出ていった。ジェニファーがテケナーのからだに軽く手をかけ、ほほえみかける。眼下にテクヘロンが見えてきた。テクヘターの首都は軍隊キャンプのようだった。パラテンダーの軍団が町を占拠している。道路を歩兵部隊が行進し、空にはグライダーの飛行部隊。ほぼすべての通信周波で活発に情報が交換され、命令がしじゅう飛びかっている。

「ボイトは本気で戦争を考えているらしい」テケナーが憂鬱そうにつぶやいた。「行動を起こすまでにそれほど時間の猶予はないぞ」

宇宙港には大型宇宙船三隻の姿があった。テラの球型艦、転子状船、ブルー族の大型円盤船だ。スペース＝ジェット一機はこれら巨大船の陰にかくれてしまっている。

輸送グライダーは予告なしに誘導ビームに導かれ、スペース＝ジェットの横に着陸させられた。テケナーはすでにその前にエンジンを停止。グライダーが着地する前に、ジェニファーと乗員室に行った。

「そのまま着席しているんだ」テケナーはちいさな乗客たちにいった。「船内に調査コマンドがくる。どうすべきかわかっているだろうな、テツォール？」

シントは黙って大きな頭でうなずいた。なぜかかれのからだが透きとおり、背景にある壁が見えるような気がする。だがまばたきすると、テツォールはふたたびいつもの姿になった。非実体化した痕跡はない。危険が迫っている兆候はまったくなかった。

テケナーは遠隔制御でハッチを開けた。直後に梯子《はしご》を登ってくる重々しい足音がして、短い連絡通廊を通って近づいてきた。男二名が乗員室の出入口に立っている。鋭い目つきで全員を見ていたが、視線がテツォールのサイコドに釘づけになった。一部の者たちにとってこの数秒は永遠の長さだった。転換者たちですら、完全に沈黙している。

ボイト・マルゴルのサイコドのほうが早く効くはず、とテケナーは思った。それに作用が持続する時間も長い。だがテツォールもいい仕事をした。パラテンダー二名がかれのサイコドから視線をはずしたとき、テケナーはふたりの弛緩《しかん》した顔から悟ったもの。テツォールのサイコドがたしかな作用をおよぼしたのだ。

「命令がまた変わるかもしれないぞ。なにしろ、一日に何回も変わることもあるんだからな。なぜそうするのか、それを知っているのはボイトひとりだ。わたしは面倒はごめんだからな」

マルゴルのサイコドの直接的な影響圏から出て以来、パラテンダーたちは正気になりつつあるのか？　テケナーはすでに、パラテンダーにふたつのカテゴリーがあることに気づいていた。死ぬまでマルゴルに絶対服従する者たちと、おのれの意志を抑えつけられる範囲で服従しようとする者たちである。

「テクヘターにはほんとうにもうサイコドはないのか？」テケナーがたずねた。

「これが最後の輸送だ」パラテンダーが答える。

テケナーは転換者たちとツォッターの男たちを追いたて、アールツァバと彼女の発端者たちはかれらをグライダーから出した。外ではジェニファーとドオムヴァルが待っていて、スペース＝ジェットの機内に誘導する。そのすべてが分単位のスピードで行なわれた。マレーとほかのパラテンダー二名がつづいたとき、テケナーは、この三名はのこしたほうが賢明ではないかと思案した。テツォールの影響がどれくらい持続するかわからないので、かれらは不確定要素なのである。その一方で、かれらがのこれば問題が生じるだろう。結局、テケナーはかれらをつれていくことにした。

スペース＝ジェットのエアロックがマレーのうしろで閉まった。これで最後だ。テケナーは反重力リフトに乗り、装甲プラスト・ドームの下にある操縦室におもむき、管制塔のスタート許可を待った。ジェニーとドオムヴァルはすぐ近くにひかえている。ドオムヴァルは操作用計器をよく見て慣れておかなければならない。あとでスペース＝ジェットを自分で操縦するだろうから。

スタートの合図が出た！

「やったぞ！」テケナーは反応速度の新記録を樹立しようとしているかのように、瞬時にスタートした。「ツォッタートラクトへの道は開かれている。われわれ、それどころか……」

だが、テケナーは最後までいわなかった。プロヴコン・ファウストからちょっと足をのばし、自分とジェニファーが生きているとハイパーカムでジュリアン・ティフラーに伝えようかと、ふと思ったのだ。しかしやめておこう。

ドオムヴァルがその任務にあたってくれる。かれとジェニファーは、テツォールとの約束をはたさなければならない。

下のデッキから転換者たちの下手くそなカノンが聞こえてきた。テケナーの耳には音楽のように聞こえなくもない。

眼下ではテクヘターがちいさくなり、強力な毒ガス巨星のアルワラル2が暗くなった空からあらわれた。ほどなく恒星アルワラルの第二惑星が優勢を占め、衛星テクヘターは三日月形になり、ついに完全に姿を消した。

テケナーは、ツォッタ星系の近傍に出るためにリニア飛行の準備をしている。座標系とコースの算出データは、さいわい機内ポジトロニクスに記憶されているので、直接飛行のプログラミングも容易だ。

リニア飛行のカウントダウンがはじまる。表示がゼロになると、星間物質カバーを背景にしてわずかな星々が輝く通常空間の宇宙が消え、さらに単調な中間空間の粒子が見えてきた。

短いリニア飛行を終えて通常空間へもどると、警報装置が轟《とどろ》く。HÜバリアが自動的に展開し、ブレーキ・ノズルが自動的にオンになる。

目前に宇宙物質の渦巻く壁が出現したとき、テケナーはぎくりとした。計器を見てようやく安心する。星間物質カバーと充分な安全距離をたもって連続体に出てきたことがわかったからである。

警報のサイレンが鳴りやんだ。プロジェクション・フィールド・ノズルがふたたび作動の準備にはいる。

「わたしが操縦桿《そうじゅうかん》を握るときがきたようですね、テク」ドオムヴァルがいった。「パラプラズマ球体をわたしは知りつくしている。ツォッタ星系は内縁部にあるものの、ここも危険な乱流が生じることがありますからね」

「われわれの命をきみにあずけるよ」テケナーはそういって、宇宙船の指揮権をテクへターにゆだねた。

「あずけるですって？」といって、ジェニファーはドオムヴァルをじろじろと見ている。だがかれは自分のまわりで起きていることをもはや見ていなかったし、聞いていなかった。真空案内人、いや真空パイロットになりきっていたからだ。

ドオムヴァルはスペース＝ジェットを一見すると遊び半分のような軽《かろ》やかさで操縦し、星間物質のないゾーンを通りぬける。このゾーンは状況の急変がつきものだが、かれは精神の集中を切らさない。

「真空案内人たちは、パラプラズマ球体の先ツォッターの精霊とコンタクトして、予測不能な急変についてあらかじめ知らされているのかしら」ジェニファーが考えこみながらいった。「それとも先ツォッターは真空案内人の頭脳を制御しているのかしら」

「テツォールにきいてみればいい」と、テケナー。だがかれはうわの空だった。テケナーは実務家タイプで、興味の対象は事象そのものだ。自分が真空案内人になれたら、と夢想しているくらいなのだから……

かれらの前に赤く灼熱する物体があらわれ、その光がスペース＝ジェットをとりまく星間物質カバー全体をつつみこもうとしている。ヴェールが透けてきて、灼熱球がぽんやり見えた。

「ツォッタだ！」テクヘターが叫んだ。むぞうさにこうつけくわえる。「ツォッタートラクトに着陸するのはなんでもありません。わたしはタブーを克服したのですから」

「ツォッタートラクトは中間ステーションにすぎない、ドオムヴァル」テケナーがいった。「われわれを降ろしたら、すぐにスタートしてくれ」

「つまりプロヴコン・ファウストを出ろというのですね」と、テクヘター。「それでわたしになにをしろと？」

「ハイパーカムをプログラミングして、特定の周波でコード化メッセージを送信するようにした」テケナーが答える。「コードキイも入力してある。反応があるまで送信機を作動させておいてくれ。つまり、応答があるまで待てということだ。その先のことはすべてきみにまかせる。きみのメッセージがしかるべき相手に受信されたとわかれば、それで充分だ。ジェニーとわたしは生きている、というのがその内容だ。だが、きみとコンタクトしたがる者もいるかもしれない。それを認めるかどうかは、きみが判断すればいい」

「あなたたちはどちらがいいのですか？」

「わかっているじゃないか！　われわれはボイト・マルゴルと向かいあう決定的な瞬間を目前にしているんだぞ。援護があればありがたい」

周囲の見通しがよくなってきた。ほとんど星間物質のないゾーンに進入。前方に金色に光る天体があらわれる。ツォッタートラクトだ。星間物質が飽和状態の大気圏で恒星の光が屈折し、みずからの明るさのような印象をあたえている。

ドオムヴァルはまっすぐにその天体をめざし、大気圏の上層につっこむときも進入角度を変更しなかった。やったのは速度を絞ることのみ。数キロメートルの高さの雲を通って、星間物質の海を進む。テケナーは高度計に注意をはらっていなかったので、雲間が見えたときに驚愕してしまった。下に山なみが見えたからである。

「どこに着陸したらいいでしょう?」ドオムヴァルがたずねた。

テケナーはテツォールを呼びだし、最適な着陸地点をたずねた。

「南方だ!」と、テツォール。「この山脈の南端がわれわれの目標だから」

ほどなくスペース＝ジェットは谷間に着陸した。上空で強い砂嵐が吹きあれている。だが岩壁があるので、巻きあげられた砂から身を守れる。テケナーはスペース＝ジェットから若干の食糧備蓄、呼吸マスク、日用品を持ちだした。貨物室にあったシフト二両も機外に降ろすと、ドオムヴァルはただちにスタートし、スペース＝ジェットは渦巻く星間物質のあいだに消えた。

4

ボイト・マルゴルは自分のサイコドの数を数えていた。

何回数えても数が違う。いったい自分はどうしてしまったのだ？　いったんは五十五個だと思ったのに、もう一度数えると六十個になる。だが、ロクティン＝パルのリストによれば五十八個なのだ。

五十八！　七個はテクヘターから運んできたもので、五個はヴィンクランから。そしてぜんぶで四十個のサイコドはガイアに分散していた。つねに私有財産としてかれが持っている六個をくわえるとそうなる……

だが、また数えるとこんどは六十一個になるではないか！

かれはついにあきらめた。まあいいではないか。重要なのは、自分のそばにパラプラズマ芸術作品があることだ。ほかの者たちが悪用する可能性に早めに気づき、すべてを回収したもの。ロクティン＝パルは乗り気ではなかったが、これは得策だった。

「ボイト、プロヴコン・ファウストの数えきれないほど多数の住人、とくに移住者たちは、つねにサイコドの影響下にさらしておかないと、徐々に離反していくぞ！」

ラール人プロヴコナーがいったこの言葉は、かれの記憶にしっかり刻まれていた。場合によっては記憶がとぎれることがあるが、この警告だけは忘れない。ロクティン＝パルがいないときでも、マルゴルはかれにきちんと答えを返していた。パラテンダーのひとりを話し相手に想定してひとりごとをいっても、なにもさしつかえはないのだから。

「それは違うぞ、パル」と、また切りだす。「わたしに忠誠を誓うパラテンダーになりたがっているきみたち全員が状況を見誤っている。わたしの臣下たちがサイコドのインパルスを充塡されるかどうかは、あまり重要ではない。重要なのは、サイコドの臨在感がわたしを強めることだ。それによってわたしは臣下たちを支配できるようになる。わたしは力だ、パル。パラテンダーがサイコドに慣れてしまうのは危険すぎる。偶像として拝むようになるかもしれない。わたしこそが全能者だということを忘れてしまうだろう」

奇異ないいぶんだが、ボイト・マルゴルはそれをおもしろがっていた。ボイトの腹心ですら、かれが全能者と自称するのを快く思っていない。パラテンダーたちはいまだに変化の途上にあり、ボイトの思考についていけなくなっている。かれらはマルゴルを暴君または独裁者と見ているが、あらゆるものを創造した神のような存在だとは、金輪際《こんりんざい》思っていない。だが、それがどうしたというのだ？

「考えてみろ、パル。〝それ〟ですら、超越知性体として生まれたわけではない……」

〝それ〟！　〝それ〟はどこにいるのだ？　マルゴルはテラナーが崇拝する超越知性体とコンタクトしようとしたが、むだだった。

「かつてどんな存在であったにせよ、〝それ〟はずっと発展をつづけ、長期にわたる複雑な成熟プロセスをへて、こんにちのような存在になった。〝それ〟はかつて原細胞だったかもしれない。アメーバだ。集合体生物の悪性潰瘍《かいよう》は摘出されたが、完全には死なず、育っていった……きみはわたしのなかに、銀河の星々を手にいれようとしているガイア・ミュータントのボイト・マルゴルを見てはいけない。わたしは将軍でも、君主でも、独裁者でもない。そうした存在ではないのだ。わたしは……」

その先をはっきりと言葉で表現するのは、かれにはむずかしかった。こんな話をロクティン＝パルやほかのパラテンダーたちにしたこともない。ほのめかしはしたが、こんなにはっきりとはいっていないのだ。だが、超越的存在に変化する途上にあるとほのめかしたとしても、パラテンダーたちにいぶかしく思われるのが関の山だろう。

かれらがいまだにマルゴルを傷つきやすい一介のガイア・ミュータントとみなしていたとしても、不思議はない。ボイト・マルゴルはプロヴコン・ファウストの子供なのだ。かれはおのれの〝プシ親近感〟を、知性体たちを抑圧するために使うことをもはや望んでいない。

ボイト・マルゴルはツォッタートラクトからガイアにきて、数十年にわたって秘密帝国を建設するために尽力した。だがその努力は実らず、かれはほかの三つの目標を見つけたのである。ブラン・ホワツァー、ダン・ヴァピド、エアウィ・テル・ゲダンは、ぞっとしてかれの征服計画に背を向けたばかりか、敵方にまわって戦いをいどんだ。マルゴルはそれを恨みには思っていない。かれらはマルゴルの真意がわかるほど成熟していなかったからだ。三人は選ばれし者ではないとわかった。もっと前にそれがわかっていたら、かれらの支持をえようと必死になることもなかったのだが。

それはもう重要ではない。いま、かれは自分の立場をこころえている。だがそうなるまでには、多くの授業料が必要だったというわけだ。かれがプロヴコン・ファウストから脱出し、ルーワーの〝目〟の助けを借りてテラと人類を抑圧しようとしたこと、ハイパー空間の隙間をつくったこと、そしてさまざまな種族出身のパラテンダーを集めたこと……そのすべては、上をめざす途上で経験した有益なエピソードなのだ。

そのあとで完全な破滅状態におちいったのも、必要なことだった。かれはふたたび最初からはじめ、プロヴコン・ファウストにもどる道を探し、そこでサイコドの真の価値を知った。サイコドはかれの一部、サイコドはかれの生命なのだ。

ソル・タウンの自分の宮殿の豪華なホールに運ばせた五十八体のサイコドの列を、通りぬける。自分が大きく、強くなるのがわかった。かつて同じような存在がすぐ近くにあったなら、自分の問題を徹底的に検討できただろうに。だが、こうしていま、サイコドと意思を通わせられるだけでも充分だ。

かれがどんな変身をとげたのか世界が知らないのは、残念無念。だがいずれ知ることになるだろう。なにしろ百六十七隻の戦艦からなる大艦隊を持っているのだから。この数は記憶に刻みつけられている。この艦隊を銀河系に散開させ、GAVÖKとLFTを打倒できるかもしれない。まずはすべてを潰滅させる。そうすれば古い世界の瓦礫《がれき》の上に新しい秩序を確立できるからだ。〝マルゴル＝サイコド宇宙〟である。

艦隊に緊急出動態勢をとらせるように、ロクティン＝パルに指示しよう！　かれはそう心に刻んだ。

マルゴルの旗艦《ムーンビーム》は堂々たる二千五百メートル級の戦艦で、どの銀河種族もこれに匹敵する規模の艦船を所有していない。マルゴルのサイコドをすべて艦内に運びこめば、もはや無敵だ。

サイコド五十八体を《ムーンビーム》に搬入するよう命令するのを忘れるな！

それでもまだツォッタートラクトのサイコド十二体がある。それ以上はなかったか？　ほかのサイコドはどうなったのか？　ラドニア・サイコド……ハルト人たちはこれを持って永遠に姿を消してしまった。イオタ＝テンペストの〝踊る乙女〟……ロクティン＝

パルに託してジュリアン・ティフラーの手にわたったこのサイコドは破壊されたもの……

銀河は不死鳥のようによみがえり、燃えさかるにちがいない！　自分はまだたんなる一司令官かもしれない。だが、けっして消えず、すべてを焼く炎を燃えあがらせれば、より高い目標をめざせるだろう。

考えすぎてかれは混乱してきた。サイコドのあいだに横になり、その臨在感をおのれの精神に浴びさせる。あまりにも多くのメッセージが聞こえてきて、それを読み解くのは容易ではない。

それにつねに妨害がはいる。トランス状態がはじまっていたのに、かれはいやいやながらそこからひきもどされた。近くにパラテンダーがいるのを感じる。ロクティン＝パルだ。パルといっしょにいるのは、さして重要ではないパラテンダー、真空案内人のプレナー＝ジャルト。

マルゴルはため息をついた。かれらとは会わざるをえないだろう。それに、そうしなければならない。ロクティン＝パルと相談すべき問題があったのではないか？

サイコド美術館を出たマルゴルは、ラール人ロクティン＝パルが持ってきたサイコドの放射を浴びた。美しいセイレーンの歌を思わせる。

「〝踊る乙女〟だ！」テンペスター・サイコドを見て、マルゴルはよろこびに輝いた。

「きみが命令したからだ、ボイト」ロクティン＝パルがいった。「コルヴェット一機を出し、ホトレノル＝タアクが到着する前に、サイコドをイオタ＝テンペストから運びだした。幸運に恵まれたのでうまくいったがね。じつはホトレノル＝タアクの輸送船が、宇宙震で飛行を続行できなかったので」

「宇宙震？」ボイト・マルゴルは驚いていった。

「銀河のいたるところで発生しています。われわれの連続体が震動し、そのために惑星全体が危険な状態になっているので」プレナー＝ジャルトはそういって、いくつかの例をあげた。「原因はまだわかっていません。テラナーですら、この現象の謎を究明できないのですから」

「プロヴコン・ファウストではまだ震動が感じられないというのはおかしいな」と、マルゴル。腹の底では、パラテンダーのひとりが〝あなたはプロヴコン・ファウストのあるじですからね、ボイト。あなたが宇宙震をとめているのでしょう〟というのを期待していたが、そうはならなかった。

そのかわりにプレナー＝ジャルトは、暗黒星雲の外部の状況を報告しようとすると、マルゴルがすかさず表現を訂正した。

「パラプラズマ球体の外部といいたまえ！」

「銀河系の諸種族は、宇宙震について調べるために調査船を出しました」最近まで星間物質カバーの向こう側の誘導ステーションにいたプレナー＝ジャルトが、報告をはじめた。

「するとGAVÖKとLFTは弱体化しているかもしれん」と、マルゴル。「殲滅《せんめつ》戦をしかけるには絶好のチャンスだ」

「そうは思わないが」と、ロクティン＝パル。「GAVÖKは、いまだに転覆分子の大がかりな掃討作戦をしかけるだけの力をもっている。つい数日前にも、惑星クシデルで最後のフィリバスターを攻撃して殲滅に成功したほどだ。例のおたずね者の銀河犯罪者の一味だが」

「最後のフィリバスター？」ボイトは思案顔で、「その名前は聞いたことがあるな」

「以前に最後のフィリバスターたちをパラテンダーにしたい、といったじゃないか」ロクティン＝パルが指摘する。「もっとも、サイコドを積んだわれわれの宇宙船は、連中を見つけられなかったがね」

「惜しいことをした」そういったものの、マルゴルはそれほど残念そうではなかった。「いいパラテンダーを取り逃がしてしまったかもしれないな。だが、われわれは充分な戦闘力をそなえている。艦隊の出撃態勢はととのっているのか、パル？」

「きみの命令を待っているところで、ボイト」ラール人プロヴコナーはいった。「だがその前に、ホトレノル＝タアクの逃亡について話しておくことが……」

「タアクの逃亡？」マルゴルは、ロクティン＝パルが、かれのかつてのお気に入りのパラテンダーが勝手な行動をとっているのと話していたのを、ぼんやりと思いだした。ホトレノル＝タアクがプロヴコン・ファウストからつれてきたテンペスターたちの件である。ようやく話が見えてきた。「タアクはもどったのか？　わたしのところになぜこない」

「残念ながらそうはいかないらしい。どうやらホトレノル＝タアクはきみの干渉を意図的に避けているようだ」ロクティン＝パルが説明した。

「どういう意味だ？」マルゴルは不機嫌になった。パラテンダーがまわりくどい表現をするのを好まないのだ。理解しようと集中すると、さらに重要なことに注意力を注げなくなる。もっとパラテンダーたちの手綱をひきしめなければ。

「ホトレノル＝タアクとガリノルグがテンペスターたちを故郷に運んだ輸送船を、プロヴコン・ファウストにもどる途中で捕まえたのだが」と、ロクティン＝パルが説明する。

「船内にはふたりはおらず、プレナー＝ジャルトだけがいたというわけで。おい、どういうことなんだ？」ロクティン＝パルは真空案内人を見てたずねた。

「輸送船をプロヴコン・ファウストまで飛行させるように、ホトレノル＝タアクにたのまれたのでね」と、プレナー＝ジャルト。「かれとガリノルグはスプリンガー船に乗りうつりました。その理由は教えてもらえませんでしたが、たぶんだれにも気づかれずに暗黒星雲の内部にはいりたかったのでしょう」

「やつらの目的がわかるか、パル？」マルゴルはホトレノル＝タアクとガリノルグの反逆に腹をたてている。

「完全にはわからないが」と、ロクティン＝パル。「アルワラル、プロヴ、ヴィンクランといったプロヴコン・ファウスト内部の星系が目標なら、とっくに到着しているはずで、われわれの目を逃れることはできない」

「つまりツォッタ星系が目標だというのだな」マルゴルが確認した。以前だったらこうした考えは自分のなかにとどめておいただろう。だが最近、かれは自分の思考を口に出す欲求にかられている。この悪習をやめるつもりだったのを口を開けたところで思いだし、それ以上はなにもいわなかった。ガリノルグとホトレノル＝タアクはツォッタートラクトでなにをしようとしているのか？

ロクティン＝パルは不快感をかくそうともせずにいった。

「テクヘターから連絡があって、ラキクラスの遺跡でサイコドが見つかったらしい。すでにガイアに向けて輸送中とのことだが」

「なんだって？」

「わたしはくわしいことは知らないもので。このサイコドが卵形でブルーの材料でできているということぐらいしか……」

「王のサイコドだ！」思わずマルゴルは口に出していってしまった。まちがいない。このかたちのサイコドはほかにないはずだから。かれ自身、〝王の目〟ともいわれているこの王のサイコドを見たことはない。だが、父親のハルツェル・コルドがこれを持っていて、〝さまよいつづけるトロフィー〟と呼んでいたのをおぼえているのだ。

マルゴルは、それがサイコドのなかでもっとも価値があるものだと考えてきた。最新の知見によれば、効果も最強らしい。

王のサイコドがまもなく手にはいるなんて、とても信じられない。マルゴルは一生のあいだ、ずっとその瞬間を待っていたような気すらしてきた。それにくらべれば、ほかのことはすべて色あせて見える。

「ホトレノル＝タアクになにをするつもりなので、ボイト？」ロクティン＝パルがたずねた。「パラテンダー部隊をツォッタートラクトに派遣して、ホトレノルを捕まえてもいいが」

「この件は、もうすこししてから決める」と、マルゴル。「わたしは《ムーンビーム》にうつる」

「なんでまたそんな唐突な決断を、ボイト？」

マルゴルはそうしようとかなり前から考えていたのである。だが、自分のパラテンダーに釈明するつもりはさらさらなかった。

「すべてのサイコドをただちに旗艦に輸送させろ、パル。わたしは動きやすい状態でいたいのでね」

マルゴルが〝旗艦〟という言葉を使ったのは、それ以外にいい表現が思いつかなかったからだ。〝サイコドの宇宙船〟といったほうがいいのかもしれないが、それではまわりくどい。

「きみの六十個めのサイコドの到着を待たないのか、ボイト？」ロクティン＝パルがきく。

「《ムーンビーム》艦内で待つ！」マルゴルは決然といいはなった。

自分の宮殿にこれ以上いるわけにはいかない。もっとも大きなホールですら、せまく感じる。ここはかれのサイコドにふさわしい場所ではない。サイコドにはしかるべき環境が必要だ。ここの壁は圧迫感がある。まるで監獄にいるようだ。

広大な宇宙にひかれる。銀河の脈動を感じてみたい。かれのなかのすべてが、行動を起こすことを要求している。ついにそのときはきた。銀河系の住人たちに、自分がとほうもないほどの高みに達したということをしめさなければ。

すべてはサイコドのおかげ！

パラプラズマの宝をすべてたずさえて《ムーンビーム》艦内に乗り組み、しかもそこで王のサイコドを迎えられるとは夢にも思わなかった。

だがかれの忍耐はきびしい試練にさらされることになる。しかもその忍耐の報酬は、底なしの失望感だった。約束された輸送は実現しなかったからである。マルゴルはそれでも待った。王のサイコドがいっこうに到着しなくても。

5

なんとすばらしく魅力的な惑星なのだろう！　ペファールは自然の美しさを鑑賞できる目を持っている。それなりの判断力があるのである。

空は深い紫色に輝いていたが、それからまた明るくなって金色になった。視界が地平線の連山まで開けるときもあるが、砂塵のために自分の手すら見えないこともある。嵐が吹きあれていると、呼吸マスクがないと外に出られない。天候は瞬時に変わるので、つねに呼吸装置を携帯しているのがのぞましい。軽業師の修業をしている弟のアリアンは、こぶし大の雹に打たれて、あやうく死ぬところだった。かれ自身もタジャロたちと野外で練習しようとしたことがあるが、たった数分であきらめなければならなかった。砂嵐が平原を吹きぬけ、致死的な冷気を運んできたからである。

ツォッタートラクトは、休養のために行くのには適した惑星ともいえる。詩人はインスピレーションを得て、感動的な詩を創作できるかもしれない。だが商人や芸人にとってはどうだろう？　おしゃべりでいつも歌を歌っているツォッターたちは、交易相手ではないし、いい観客でもない。興業はできても、お金にはならないということ。ルコルはここでなにをしようとしているのか？　かれはかなり前から、ラール人が案内してくれたブンカーのような建物にいた。十名からなる家族評議会もいっしょだ。それほど長時間にわたってなにを協議しているのだろう？

ペファールは悩んでいた。ルコルと家族評議会が不在のあいだ、氏族全体の責任者は自分だからである。このポジションがかれをおちつかなくさせているのだ。ペファールは芸人集団の猛獣つかいであり、マネージャーでもある。だが、家族をどのようにひきいればいいのかなど、これまで考えたこともない。

なにかがおかしい、という漠然とした感覚がある。古代の軍事要塞のようなこの細長い建物でなにが起きているのか、わかればいいのだが。かれのタジャロたちも、見えない危険が迫っているのを察知して、奇妙な不安感に襲われているらしい。動物たちは繊細な本能を持っていて、かれはそれを信用していた。おそらく知らないうちに動物たちの不安が伝染して、かれ自身もおちつかないのだろう。

ルコルは、ツォッタートラクトでなにをもくろんでいるのかそっと教えることもできたはず。だが、かれは家族評議員以外のだれにも秘密をうちあけていなかったし、ペファールには、留守中に家族の面倒をみるようにとしかいっていなかった。ある一定の期間がすぎてももどらなかった場合には、なにをすべきかもまったくいっていない。ルコルは自信満々で、なおかつ無頓着だったのだ。かれはホトレノル＝タアクを無条件に信頼しているらしい。

「しずかにするんだ！」ペファールはびくびくしているタジャロたちに話しかけ、愛する動物たちの擬似脚をさすってやった。かれらは擬似脚をせかせかとのばしたり縮めたりしている。「大丈夫だから、オード！」

タジャロは軟体動物で骨がない。そのときの気分と刺激に応じて、からだの一部を硬化させ、どのようなかたちになることもできる。休んでいるときのタジャロは、殻のない巨大なカタツムリのようだ。

かれらは半知性体で、非常に高度な内容も理解できる。ペファールは自分の言葉を超音波で伝えるヘルメットを設計し、タジャロたちに話しかけられるようになった。その一方で、このコミュニケーション・ヘルメットはタジャロたちのウルトラ音声をインパルスに翻訳し、ヘルメットをかぶっている者の脳に伝達する。

ペファールは、興行中は基本的にヘルメットをつけないようにしていた。だが、ここツォッタートラクトでは、動物たちの監視を一秒たりともおこたれないので、つねにヘルメットをつけている。大気中に、タジャロたちを不安にさせるなにかが漂っていた。タジャロばかりではない。ほかの動物の調教師たちも、同じような問題をかかえていた。

「もう一度やってみよう」ペファールはタジャロたちにいって、ヘルメットをきちんと装着しているかどうか確認した。かれ自身が作曲した〝球体音楽〟にあわせた新しいバレエの振りつけを練習しているのである。プレミア公演はガイアで行なわれる。練習は順調に進み、あとは仕上げをのこすのみ。ペファールが指をぱちんと鳴らした。「オード！　ヴァヴァ！　メーツ！　フリッド！」

タジャロ十三頭が動きだした。オードが擬似脚をのばして輪をつくる。ほかの十二頭もそれにならう。そうやって全員で花のかたちになり、最後にたった一本の触手で全体を支えてバランスをたもつのだ。

ペファールはいつも十三頭の動物たちと演技をしている。テラナーから、十三というのは不吉な数だと聞いたが、かれにとっては幸福をもたらす数なのだ。

録音技師に合図を送り、音楽がはじまった。

「オード……花」ペファールはそうつぶやき、両腕をスローモーション映像のようにゆっくりとひろげた。花弁が開くしぐさだ。タジャロたちは擬似脚を蛇のように動かす。

「タジャロ全員で……展開！」ペファールが思いいれたっぷりに指示を出すと、動物たちは擬似脚をどんどん長くのばし、クモの巣のようなかたちになる。

「ヴァヴァ……ひとつになれ！」ペファールはささやくだけでよかった。ヘルメットがかれの言葉を超高音に変えてくれるからである。タジャロたちはかれの指示を聞き、クモの糸のようになっている触手をたがいにからみあわせ、球体音楽の旋律にあわせてすばらしい模様を織りなしていく。

だが、ペファールは不満足だった。

「やめだ、やめ！　調和とはなにか知っているか、メーソ？　フリッド！　船乗りのロープの結び目じゃないんだから」

タジャロのクモの糸は崩れた。音楽が鳴りやむ。十三頭の動物のからだが突然はげしく痙攣《けいれん》しはじめる。ペファールは不吉なイメージを感じとった。

オードが渦巻く霧のイメージを出している。それに自分が食いつくされそうな感じがしているのだ。ヴァヴァは、信じられないほど遠くで自分をとりかこんでいる不可視のなにものかに不安を感じているらしい。フリッドは、自分の恐怖をイメージに転換できずにいる。だからこそペファールはいっそう耐えがたく感じた。

タジャロたちは、からまった擬似脚を必死にほどこうとしている。ペファールはかれらを助けようとした。

ペファールがひきつっているカタツムリたちの輪の中央にいるとき、タジャロのからだが興奮のために脈動し、奇妙なかたちになった。突然、笞《むち》のようなものが風切り音をたて、ペファールの顔に命中。痛みのあまり叫びながらも、オードが〝笞〟を自分のからだにひっこめるのが見えた。刺胞の酸が火のように皮膚で燃えている。酸が目にはいらないように瞼《まぶた》を閉じているのでなにも見えない状態のまま、いつも近くに置いてある非常用装備に駆けよった。バイオモルプラストをふたつとりだし、傷にあてる。

「オード、いったいどうしたというんだ！」と叫んで、かたちのさだまらないゼリー状の塊りになっている相手に飛びかかった。タジャロたちのからだの表現をすべて知りつくしているので、おおぜいのなかからオードをかんたんに見つけられるのだ。ほかのタジャロをエネルギー檻にもどしてから、

「オード、どうした？」と、話しかける。「なぜわたしを攻撃した？　頭がどうかしたのか？」

動物はすこしおちついてきたらしい。長さ一メートルの太くて醜い虫のかたちになり、一ダースの短い擬似脚でスキップしながら、ぶあつくなった〝頭部〟の触手二本を旋回させている。これはオードの忠誠と屈従の表現なのだ。攻撃をしようとしたのではなく、自分のなかでなにが起きたのかわからないらしい。

ペファールはかれのぶあつい背中をなでて、

「ま、この世はそんなもんさ、気にするな」と、いった。「ここから姿を消そう。わたしもきみと同じ感じがするんだ、オード。ここは薄気味悪い。ルコルとほかの連中がなにをしているか、いっしょにたしかめてみようか？」

それはとっさの思いつきだった。ペファールはこのもやもやした状態にこれ以上たえられなかった。このブンカーでなにが進行しているのか、調べる必要がある。

「オード……足跡をたどれ！」

オードは、遠くから見るとツォッタの小型サボテンのようなかたちになった。棘《とげ》のかわりに、からだじゅうに毛髪のような触手をはりめぐらしている。この感度のすぐれた感覚器官は、超自然現象すれすれの出来ごとまで感知できる。

ペファールは嵐がないでから船外に出ようと、転子状船の出入口の斜路に向かった。《ガリジャテヴ》は、ブンカーの建物から五百メートルはなれたサボテン帯のへりに着陸している。ホトレノル＝タアクの忠告で、ルコルは転子状船を砂でおおったので、遠方から見ると砂丘のようだ。主たる出入口のほかに、緊急時を想定したふたつのちいさな出入口がある。

オードはサボテンの森の近くで体毛を風になびかせながらいったん停止したが、やがて姿勢を低くして建物の方向に向かった。なめらかな動きで前進。三本のがっしりした擬似脚でスキップするように動く。

ペファールは呼吸マスクを確認してから、タジャロにつづいて薄暗がりの船外に出た。建物の鎧戸《よろいど》はすべて閉まっている。だが、たった一カ所、開いた扉から光が地面に漏れているところがあった。オードはその方向に進んでいる。数回ほどにおいをかぎながら停止。一度だけ刺胞の答をのばす。太いサボテンにかくれて獲物を待っていたトカゲをたたいたのだ。トカゲは砂の穴に消えた。

いる。

「待て！　だれだ？」

突然、武器をかまえた男が目の前にあらわれた。ペファールは石のようにかたまっている。オードが戦闘態勢はととのっていると合図してきた。ペファールがそれをとどめるより前に、タジャロは地を蹴り、宙を舞って歩哨に向かっていく。その瞬間、閃光が走り、オードを直撃した。炭化した残骸が調教師の足の前に落下。ペファールはオードの断末魔を見て、その痛みをわがことのように感じていたが、やがて痙攣がかれの感覚を麻痺させた。風が焦げた肉のにおいを顔の前に運んできても、なにも感じない。呼吸マスクがにおいを濾過したからではない。ペファールは朦朧《もうろう》となっていたのである。

「いっしょにくるんだ！」

歩哨はうしろからかれを蹴り、武器で脅して照明のついた扉の方向に歩かせた。歩哨とともになかにはいったペファールは、あまりのまばゆさに一瞬目を閉じた。

「右へ進め！」

ふたりは長い通廊を進み、左に曲がり、それからまた右に曲がった。何回かツォッター に遭遇したが、かれらはペファールを見ると金切り声をあげて逃げてしまう。

ついにハッチに到着。べつの歩哨二名が立っている。

「このスプリンガー、城に忍びこもうとしたんだ」ペファールを捕まえた男がいった。

「ぞっとするほど醜い怪物をつれていた。わたしに跳びかかってきたので、殺さざるをえなかったが」

「タアクに知らせよう」ハッチに立っていた歩哨のひとりがそういって、インターカムに近づいた。短いやりとりがあってから、歩哨は振りむき、「スプリンガーをなかにいれろといっている」

いいおえないうちに、ハッチが開いた。ペファールは追いたてられるようにして階段のところにきた。その先に大きなホールがある。

「ペファール！」ルコルだ。「ここでなにか探しものか？」

族長の隣りには十名の家族評議員もいる。そのそばには、ホトレノル＝タアクとヴィンクラン人のガリノルグ。一同にさしたる悪意は感じられない。ペファールは族長たちが元気そうなのを見てほっとした。だが、心からそう思ったわけではない。オードを失った悲しみがあまりにも深かったからである。

「あなたたちの心配をしていたのですよ」と、ペファール。「それでここでなにが起きているのか、たしかめようと……」

「ばかめ！」と、ルコルがいったが、叱責している口調ではない。「われわれ、ちょうどもどろうとしたところだ。ここで宝を掘りあてたのでね。ペファール……信じられないほど価値のある宝だ！　われわれの氏族はこれで安泰だ」

ペファールは、ほとんどなにもない丸天井の空間をとまどったように見まわした。太い支柱のあいだに台座があるが、その上にはなにもないに等しい。抽象芸術を思わせる、ほとんど装飾のない物体がいくつかあるだけ。壁にはてのひらサイズのレリーフがある。だがそれもとくにペファールの目をひきはしなかった。どこにも宝などない。

「オードが殺された」そういっただけで、息苦しくなる。ずっと朦朧としていたので、愛するタジャロが死んだという実感がわかなかった。だがいまになって、その事実がこん棒で打たれたような痛みとして感じられる。むくむくと憎しみがふくらみ、復讐心がわいてきた。かれはこぶしを握りしめていった。「よくもわたしの……」

「この償いは充分にしてやるさ」ホトレノル＝タアクがいった。「ここへきて、宝をよく見ろ。きみにとってなにものにも代えがたい宝だということを、自分で判断したらいい」

ペファールはいやいやながらしたがった。見る価値もないと思っていたレリーフのところに連れていかれる。その前に立ってじっと眺めているうちに、ペファールの目は釘づけになった。時間をかけて見れば見るほど、その世界に強くひきつけられてしまう。

「このサイコドをきみたちの氏族に貸しだす」そう説明するホトレノル＝タアクの声が、はるか遠くで響いているような気がする。「《ガリジャテヴ》に持っていくんだ。全員が鑑賞できるようにね」

そしてそうなった。ガリジャ＝ピオッコル氏族全員がこのサイコドの影響をうけるようになってからというもの、ガイアまで飛行しようと考える者はひとりもいなくなった。

＊

「ボイトがたりないサイコドをツォッタートラクトから回収するため、だれかを送りこんでくる可能性は充分に考えられる」ガリノルグが心配そうにいった。「かれ自身がくるかもしれない。その準備をしておかなければ。この要塞にいるときに奇襲をうければ、われわれの計画は水の泡だから」

「きみが偵察飛行に出てくれないか」と、ホトレノル＝タアクが提案した。「そうすればプロヴコン・ファウストでなにが起きているのかわかる。なにもガイアに接近しなくてもいい。交信を傍受するだけで充分だから」

ツォッタートラクトにいるかれらは、暗黒星雲のほかの惑星から孤立していた。パラプラズマ球体に近すぎるためで、星間物質カバーの先端がツォッタ星系にのびてくると、そのなかにのみこまれてしまうほどだ。だから、プロヴコン・ファウスト内部からのハイパー通信信号はうけとれないのである。

ホトレノル＝タアクの提案どおりにするかどうか、ガリノルグには迷いがあった。

「きみの不在中に探検の準備が終わるようにするから」ラール人は約束して、ガリノルグの心配を解消した。「スプリンガーは問題ない。かれらはこっちの手の内さ」

「わたしがもどるまでは、計画をおびやかすようなことはけっしてしないでほしい、タアク」ガリノルグはそういいのこし、スプリンガーの搭載艇で偵察飛行にスタートした。

ホトレノル＝タアクがサイコド美術館に行き、そこに十二個のパラプラズマ芸術作品と閉じこもったとき、ガリノルグはまだそんなに遠くまでは行っていなかった。

サイコドは、ハルツェル・コルド美術館を忠実に模倣して建築された巨大ドームのなかに囲いこまれている。

マルゴルは数年前に父の要塞をあえて破壊した。サイコドをうち砕き、先ツォッター文化のあらゆるシュプールを払拭《ふっしょく》するためである。そうすることで、サイコドがほかの者の手にわたり、自分と同じ能力が発現するのを防ごうとしたのだ。だが、建物が崩壊して消えさる前に、ガリノルグはすべてのサイコドを安全な場所にうつしていたのである。後日、かれはツォッターたちに建物を復元させ、ハルツェル・コルドが収集したパラプラズマ作品をそこに保管していた。

プロヴコン・ファウストにもどってきたボイト・マルゴルは、そのことでかれに感謝した。だがホトレノル＝タアクは、ガリノルグが自発的に行動したのかどうかは疑わしいと思っている。ヴィンクラン人の行動が、サイコドの影響によるものだった可能性は捨てきれない。

サイコドは強力な魔力を発揮する。ラール人もそれをうけていたという点では、例外ではない。ホトレノル＝タアクがここにきたのは、十数個のサイコドを破壊するため。だが、ブラスターをかまえたとたんにとまどいが生じ、どうしても引き金がひけない。破壊できなかったのはサイコドの影響だと確信したが、それでもかれはサイコドの放射に抗《あらが》おうとはしなかった。

サイコドの臨在感にひたっていると、こうしていればサイコドの秘密を解明できるのではないかとすら思えてくる。サイコドのメッセージを分析すれば、どのような目的でそれがつくられたのかわかるかもしれない……

だが、ホトレノル＝タアクは根源的な臨在感をうけとったのではなかった。それはマルゴルのプシ充塡によってゆがんでいたのである。サイコドのなかにひそむマルゴルの一部を感受していたようなものだ。

ホトレノル＝タアクはアルビノのガイア・ミュータントをいきなり目前にして、不安におちいった。自分の考えたことは正しかったのか？　ボイトには対抗できないのだろうか？　基本的にそれは裏切りということになる。かれはボイトを強く愛していた。そうだ、ガリノルグと計画したことは、まちがいだったのだ。

かれらは、ボイトが生まれ、ツォッターの庇護のもとに育った、あの先ツォッターの礼拝所をめざそうとしていた。ガリノルグは、もし自分たちの疑問に対する答えが得られる場所があるとしたら、そこしかないと主張。答えがわかってこそ、ボイトを効率よく助けられるというのである。

だが、ホトレノル＝タアクは急にその考えは違うような気がしてきた。ボイトをかれの意志に反してまで助けねばならないと考えるとは、不遜にもほどがある。自分にとってなにが最善かをいちばんよく知っているのはボイト自身だ。つまり、重要なのは……要するに……ガリノルグを改心させ、正しい道にひきもどすこと。すでにタイミングを逸したのであれば、ガリノルグは死ななければならない！

そうだ、そうしなければ。ボイトもそれを望むはず！

ホトレノル＝タアクは突然、おそろしいショックを感じた。かれの精神をとりまいていた霧が晴れてくる。ガリノルグが出現した。ホトレノル＝タアクはブラスターをかれに向けようとする。だが、なにかがかれの手から武器をはらいおとした。

「タアク！　タアク！」ヴィンクラン人の声が聞こえる。「目をさまして！　サイコドのインパルスに抵抗するんだ」

ガリノルグが視界から消滅。ラール人は、大声でだれかが命令しているのを聞いた。パラテンダー二名があらわれ、かれを持ちあげる。徐々に意識がはっきりしてきた。サイコドのないニュートラル空間にいるらしい。巨大なベッドに寝かされている。上方に天井の丸い開口部があり、そこから暗くなっているツォッタートラクトの空が見えた。と、天窓が閉まり、サイレンが咆哮《ほうこう》して雨がぱらぱら降りかかってきた。

嵐の警報だ！

「なんだ……？」そこまでいって、ホトレノル＝タアクはガリノルグの心配そうな顔に気づき、口をつぐんだ。咳ばらいをしてから質問する。「わたしはすんでのところで、サイコドの虜になるところだったのだな？」ガリノルグが黙っているので、かれは記憶の糸をたどり、自分で答えを出した。「ボイトの意志がサイコドに強くとりついていた。そのせいできみを殺すところだったよ、ガリノルグ！」かれはヴィンクラン人の腕をつかみ、「ボイトがツォッタートラクトにきたら、どうなるだろう？　われわれふたりはまったく孤立するだろう。パラテンダーたちとスプリンガーのピオッコルもボイトだけに忠誠を誓うだろうから」

「現時点では、まだそれほど危険ではない」ガリノルグがおちついて答えた。「傍受した交信の内容によれば、ボイトが自分の艦隊を編成しているのは明らか。すべての艦船をガイアの宙域に集め、銀河系に進軍する準備をしているが、まだ数日はかかるだろう。先ツォッターの秘密を解明するための時間の猶予はある。遠征の準備はどの程度進んでいるので？」

「きみがいなかったのは何時間か？」ホトレノル＝タアクが逆にたずねた。

「二十四時間……つまり、テラの標準時間で一日だ」

「そのあいだ、わたしはサイコドといっしょにいたのだな」ホトレノル＝タアクはぞっとした。ガリノルグはかれの肩をたたき、いった。「さいわい、なにもなかった。だが行動を起こすときが迫っている」

ガリノルグはインターカムに近づき、ルコル・ガリジャ＝ピオッコルを呼びだした。準備状況を問いあわせるためだ。

「地上車を三両用意した」と、スプリンガーが答える。「すぐに使える。いつでも出発できるというわけだ」

ガリノルグはその答えに満足し、ホトレノル＝タアクに報告。「嵐がしずまってきたら、出発できます」

ラール人は完全に回復した。ボイトのサイコドのせいでとんでもない行動に出るところだったと考えると、ぞっとする。サイコドはボイトに信じられないような力をあたえているのだ。ホトレノル＝タアクは依然として、ボイトがサイコドを支配しているのではなく、サイコドがボイトを支配していると確信している。

「サイコドを破壊しなければ！」と、ラール人。

「だめだ」ガリノルグが拒絶した。「われわれ、サイコドを遠征に持っていく。先ツォッターの礼拝所を探すときに役にたつだろうから」

サイレンが警報解除を知らせた。巨大ベッドの上の天窓が開き、金色に輝く空がのぞいている。

ふたりが部屋を出ようとしたそのとき、パラテンダーが駆けこんできた。

「スプリンガーたちが小型宇宙船の着陸を通知してきました。おそらくスペース＝ジェットでしょう」

「ボイトだ!」ホトレノル＝タアクは愕然としていった。

「いや、そうではないだろう」と、ガリノルグ。「ボイトはスペース＝ジェットではこない。かれの宇宙船は《ムーンビーム》だから」

ふたりはスタート準備がととのった地上車三両があるガレージにきた。そのうちの一両の通信機を使って、ガリノルグは小型宇宙船着陸に関するくわしい情報を得る。たしかに宇宙船はスペース＝ジェットで、百キロメートルほどはなれた連山の麓《ふもと》に着陸したらしい。

「これでボイトは関係していないとわかった」と、説明する。「ボイトならここに着陸する。問題は、発見されないようにこっそり着陸したスペース＝ジェットにだれが乗っているかだ」

「はっきりさせようじゃないか」ホトレノル＝タアクがきっぱりといった。

*

ペファール・ガリジャ＝ピオッコルは決定的な瞬間を迎えていた。ついに自分の価値をしめし、氏族の友らに、タジャロの能力を見せるときがきたのである。

ホトレノル＝タアクがチャンスをあたえてくれた。この機会を逃す手はない。かれはヴァヴァ、メーソ、フリッドの三頭に、遠距離へも映像と音声を送信できるマイクロ送信機をつけて送りだした。コミュニケーション・ヘルメットがあるので、動物たちと連絡をとり、望みの場所に行かせられる。マイクロ送信機の記録は《ガリジャテヴ》司令室の主スクリーンにうつしだされるのだ。

ホトレノル＝タアクとガリノルグは、感動していた。かれらもスペース＝ジェットの未知乗員とコンタクトさせるため、ツォッターを送りだしはしたが、あまり期待していなかったのである。ツォッターたちは出発してすぐに自分の任務を忘れてしまうかもしれないから。

タジャロ三頭が目的地に到着するまでに、標準時間で二時間以上かかった。砂嵐に見舞われたり、巨大トカゲの群れを迂回したりしながらも前進したのである。トカゲたちは未知の動物をかっこうの獲物と見て、舌なめずりしていた。このふたつの出来ごとで後れをとったが、タジャロたちはそれ以外は問題なく目標を達成したもの。

一頭がつけている装置で、ガリノルグとホトレノル＝タアクは、ほかのタジャロ二頭がサボテンのようなかたちになり、慎重に前進しているのを観察できた。

かれらは谷間にはいると、そこに装甲車二両があらわれた。

「シフトだ！」ホトレノル＝タアクが確認する。スペース＝ジェットは飛行戦車二両のみをおろし、すぐに飛びさったということ。シフト二両は突きでた岩の下で停止している。エンジンもほかのすべての装置もスイッチはオフだ。それで探知できなかったのだろう。

「なにを待っているのだろう？　なにかもくろんでいるのか？」ホトレノル＝タアクがいった。いったいだれだ？　という三番めの問いが出かかっていたが、それを口に出す前に答えがわかった。

一方のシフトから頭だけが異常に大きい、小柄なヒューマノイドが出てきたのである。斜面にも同じようなヒューマノイドが二名。

「ツォッターだ！」ガリノルグが信じられないというふうにいった。「なぜスペース＝ジェットやシフトに乗っているのだろう？　きっと仲間がいるにちがいない。かれらだけでは宇宙船を操縦できないはずだから」

ホトレノル＝タアクは反論することもできた。ツォッターは偶然そこにいたのかもしれない。野次馬根性でシフトに近づいたのかも、と。だがそのとき、ツォッターのひとりが岩の斜面を降りながら叫んだのである。

「転換者たちがばらばらに散らばってしまった。かれらの支援は期待できないわね。でもケーリルの指揮で十数名の男たちが指示された方向に向かっているから、かれらが状況を調べてくれるでしょう」

「ツォッターたちがごくふつうにしゃべっているぞ」ホトレノル＝タアクは驚きをかくさない。「なぜこんなことが？」

「よく見るんだ」ガリノルグがうながした。「あれはツォッターの女じゃないか！」

なかのひとりが映像でよく見えるようになると、ラール人もそのツォッターが女性の特徴をそなえていることに気づいた。これは大事件だ！ホトレノル＝タアクは一度ツォッターの女に会ったことがある。二カ月以上前、マルゴル、パラテンダー捜索部隊といっしょに盗まれたサイコドをとりもどしに行く途中だ。ツォッターのリーダーのひとりが、妊娠中だったのである。マルゴルは怒りの発作を起こし、残念なことに彼女をプシ・エネルギーで殺してしまったので、尋問をしそこねてしまったが。

ホトレノル＝タアクはこれまでの経験から、ツォッターたちは未知存在に対してはつねに男としてふるまうのを知っている。聞いた話では、女たちは先ツォッターの礼拝所がある山の洞穴にひそんでいるという。ツォッターは両性具有者だという説を、以前は疑っていた。だがいまではそれを信じるようになっている。ツォッターの女たちは、男たちとは比較にならないほどの知性の持ち主らしい。

ツォッターの女三名に男ひとりがくわわった。卵形の物体を手に持っている。サイコドかもしれない。だが、この距離では検証は不可能だ。

「テツォール、テクは自分の計画のことを話していた?」ツォッターの女のひとりが男にたずねている。

ホトレノル＝タアクはわが耳を疑った。〝テク〟という名をこの場面で聞くとは思っていなかったからである。

「しんぼうして待つんだ、アールツァバ」テツォールと呼びかけられたツォッターがいった。なによりも驚いたのは、かれがインターコスモを流暢に話すことである。「テクとジェニーは、まだ作戦会議とやらをしているところだから」

ホトレノル＝タアクは注意力を集中していた。こんどは聞き間違いではない。それでもまだ勘違いしている可能性は捨てきれなかった。なぜなら……

叫び声がかれの思考を破った。タジャロの記録装置を通して、ツォッターの女ひとりが動物に近づいていくのが見える。〝サボテン〟が怪しいと感じたのだろう。だが、彼女が興味の対象を調べる前に、タジャロは刺胞の笞で自衛した。酸を浴びたツォッターの女は、叫びながらシフトの方向に逃げだしたが、倒れてしまった。

タジャロたちも撤退。ホトレノル＝タアクとガリノルグが最後に見たのは、シフト一両から人間二名が降りてくるところだ。

女一名、男一名である。ホトレノル＝タアクがよく知っているが、すでに死んでいるとされていた二名の顔がそこにあった。

次の瞬間、場面が変わった。

「録画してあるのか？」ラール人がいらいらしながらたずねる。あるとわかると、こういった。「シフトから人が出てくる最後の場面の静止画像を見たいのだが」

一分後、スクリーンにその女と男がまたあらわれた。こんどは動きの途中で静止している。ホトレノル＝タアクはかれらを長いこと観察してからいった。

「まちがいない。これはジェニファー・ティロンとロナルド・テケナーだ」

「ラキクラスの遺跡で殺されたLFTのスパイたちで？」と、ガリノルグ。

「死んだとされているがね」ラール人はいった。「かれらは生きている。どうやってパラテンダーにドッペルゲンガーの遺体をほんものだと信じこませたのか、よくわからないがね。だが本人たちから話を聞けるだろう」

「異人を捕まえるように指示を出しましょうか？」じっと聞いていたルコル・ガリジャ＝ピオッコルがたずねた。

「いや」ホトレノル＝タアクは断って、「まずはかれらを観察したい。どうやらかれらもわれわれと同じことを考えているようだ。ふたりの計画をまずは静観する。見張られていないと思ってくれていたほうが、こっちに有利だ」

6

「いいだろう」テケナーがジェニファーにいった。探知される心配があるので空調装置のスイッチをいれていないため、シフト内は蒸し暑い。そうでなくても近くにパラテンダーのパトロール隊がいて、スペース＝ジェットが短時間あらわれた理由を調査しているかもしれない。アールツァバの発端者たちが状況を偵察し、発見される危険はないと報告してきてから、かれらはようやくシフトの装置類を使用したのである。

テケナーは額から汗をぬぐい、もう一度確認した。

「きみはシフト一両を使って発端者数名と、先ツォッターの居住用洞穴にある女性居住地へ行く。そのあいだにわたしはテツォールとアールツァバの力を借りて、倉庫にあるサイコドを持ってくる。ケーリルとほかのツォッターたちは、ボイト・マルゴルのパラテンダーのために働いている同胞を獲得するために出かける。われわれはサイコドを手にいれたら、それを持って居住地に行く。そうすれば、ボイト・マルゴルをツォッタートラクトにおびきよせられるかどうか実験できるからな……」

そのとき、外で骨の髄まで震撼させるような叫び声が聞こえた。テケナーとジェニファーは同時に跳びあがり、シフトの出口に急ぐ。出口にはふたり同時についたが、テケナーは妻を先に行かせた。

「なにがあった？」と、テケナーは梯子を使わず直接地面に跳びおりる。あちこちからツォッターの女が急いで集まってきて、テツォールとアールツァバをとりかこんでいた。テケナーとジェニファーはツォッターの女を押しわけてふたりのもとへ。アールツァバが地面に横たわっているひとりのツォッターの女にかがみこんでいる。彼女のがっしりした顔に、やけどの傷痕のようなものがあった。

「ドラがサボテンのほうに歩いていくのをなんとなく見ていたんだけれど」と、アールツァバが説明する。「急に彼女が叫んだのでよく見たら、顔に怪我をして倒れていたの。サボテンはなくなってしまった。ドラはひどいショックのために、性転換してドラではなく、ドラストになってしまったわ」

また発端者の数が減った、とテケナーは思った。いずれアールツァバも性転換し、ジェニーと自分は独力でやっていかなければならないだろう。テツォールもおかしくなってきているから、全幅《ぜんぷく》の信頼を置くわけにはいかない。

ジェニーは怪我をした女の世話をしている。女はすすり泣きながら、性別変遷期の付随症状が出ていると混乱して訴えるばかり。

「酸だわ！」ジェニーは確認し、かぶりを振って、「酸をまきちらすような種類のサボテンは、ツォッタートラクトにあるの？」

「トカゲか毒蛇ではないかしら」アールツァバは推測し、ドラが攻撃された場所を見ている。「あそこにサボテンはないわ。わたしが思い違いしたのかしら」

ドラ改めドラストが突然暴れはじめ、立ちあがって、単調で悲しげな歌のようなものを歌いながら走りだした。

「また転換者がひとり増えた」テツォールは肩をおとしてテケナーのほうを見た。「ジェニーと相談したかい、テク？」

「手分けをすることにした」テケナーはそういって、シントに自分たちの決定を説明。

「きみとアールツァバと発端者二名は、わたしをマルゴルのサイコド倉庫まで連れていってくれ。ほかの発端者たちはジェニーとアニマ居住地に行ってほしい。サイコドを手にいれたら、かれらとおちあう」

「いつ出発するんだ、テク？」テツォールが質問した。心配しているらしい。「わたしにはもうあまり時間がない。徐々に弱くなっているし、わたしのパラプラズマ肉体はそう長くはもたないだろう」

「わたしとしては、いますぐにでも出発したいのだが」と、テケナーはいってから、アールツァバに向かって質問した。「発端者たちと協力してなにか突きとめたかい？」

「この一帯はいくら探しても人間のシュプールはないわ」と、アールツァバ。

「じゃあ立ちさったのかもしれないな」

テケナーはジェニーにすばやくキスをして別れ、一両めのシフトに乗った。テツォール、アールツァバ、ツォッターの女のビリアとイストリがつづく。全員が乗ったのを確認してテクはハッチを閉め、コクピットにあがった。すべての機能が正常に作動するのをたしかめてから、飛翔戦車をスタートさせる。最後にジェニーに手を振って合図した。

シフトは谷間から外へ。視界が開けてくると、テケナーは反重力エンジンのスイッチをいれ、シフトを地面すれすれに飛翔させた。とりあえず探知される危険性がないと判断し、インパルス・エンジンを点火する。

ツォッタートラクトのマルゴルの基地については、ツォッターの説明しか聞いていない。かれらによれば、それはハルツェル・コルドの破壊された城を忠実に模倣しているらしい。その説明から、テケナーは建物には射程距離の長い防衛システムはないだろうと踏んでいた。早々に探知される危険を冒さずに、かなり接近できるはず。

テツォールの頭がシャフトの開口部にあらわれ、たずねた。

「じゃまですか？」

「上にあがってこい」テケナーは、シントとそのうしろにいるアールツァバにいった。

ふたりは副操縦士席にすわった。ふたりには充分なスペースなのだ。「なにか心配ごとでもあるのか?」

「マルゴルについて話したいので」と、テッォール。「かれがあなたの種族とほかの銀河系住人を苦しめたのは知っていますが、そうした行為の責任はかれにはないのでして。かれの現在の姿は、いわばわれわれがそうなるように仕向けたもので」

最後の言葉をいいながら、テッォールは両腕をひろげた。まるでプロヴコン・ファウストの星間物質カバー全体を抱擁するように。

「きみのいいたいことはわかる、テッォール」と、テケナー。「だが、きみはどうしたいんだ?」

「理解してほしいので、テク」テッォールはつづけた。「何回でも強調します。われわれの種族は邪悪な意図で行動したのではないことを。われわれは、あのサイコドがそれほどの被害をひきおこすとは予測できなかったのです。ボイト・マルゴルに影響をおよぼそうとしたのも、被害を償おうと思えばこそ。かれがわれわれにコントロールできない状態におちいっていなかったら、すべてがとっくにうまくいっていたはず。でもまだ遅すぎはしません、テク。わたしを信じてほしい。信頼してくれますね?」

「そのことは、もう充分いったはずだが」テケナーはすこし機嫌を損ねていった。「わたしはいったんいったことは守る」

「でも自分の良心に反することはできますか?」テッォールがたずねた。「あなたの種族には独自の管轄権がある。もしもマルゴルを捕らえたとして、あなたはその管轄権に反することができますか。あなたの種族はかれに償いを要求するでしょう。でもわたしはかれを本来の目的に用いなければならない。そうしたらジレンマにおちいるのでは、テク？」

テケナーはようやく理解した。

「わたしはジレンマにおちいったりしないさ、テツォール」と、答えた。「関係者全員が満足する解決策を探そう。それはきみの種族の解決策にもなるだろうから」

「その答えを聞きたかったのです、テク」

アールツァバが急にするどい叫び声をあげる。彼女の視線を追ったテケナーは、テツォールのからだが透きとおっているのに気づいた。

なんということだ！ まだ早すぎる！

だが、シントはふたたび安定した。「一瞬、コントロールを失ってしまいました。でもうそんなことがないようにします」と、テツォール。

それならいいのだが、とテケナーは思った。

*

テケナーはインパルス・エンジンを切った。反重力フィールドに乗ったシフトは、砂漠の地面すれすれの高さを浮遊している。マルゴルの基地はここからわずか数キロメートル。周辺は砂嵐が吹きあれているし、ハイパーエネルギーが放射されているので、ぎりぎりまで接近できるはず。だが、かれは思いきって速度を絞った。渦を巻く砂の壁のところまでくると、さらに反重力装置のスイッチも切り、シフトを無限軌道車にしてサボテンの森に近づく。帯状に生えているサボテンの向こうに、細長い建物がある。探知スクリーンには台形がうつしだされている。砂がびっしりと雲のようになっているので、裸眼ではまだなにも確認できない。

テケナーはシフトを停止し、すべての機能をオフにした。

「ケーリルがここでわれわれとおちあうというのは、信頼していいな？」かれはツォッターの同行者二名にたずねた。ラキクラスの遺跡で最初に会ったとき、ケーリルはまだツォッターの女で、ケーリラという名前だったことを思いだした。アールツァバをアールツァバンと呼ばなくてはならなくなるのは、いつだろう？

「男たちは精神の高みをめざす気がないけれど」と、アールツァバ。「でも実践的な素質がないわけではないのよ。それに遊び好きな特性をうまく利用すると、驚くほど役にたつわ」

テケナーはシフトの左側に動きがあったのに気づいた。装甲プラスト・キャノピーごしにその方向を見ると、サボテンのあいだにツォッター数名がいるではないか。興奮したようすで両腕を動かし、かれのいる方向をさしめしている。

「ケーリルよ」アールツァバがいって、梯子をおりてキャノピーから出ていく。テケナーも彼女につづき、エアロックを開いてツォッターたちをなかにいれようとした。だが、不思議なことに、かれらは外に立ったままで、シフトと一定の距離をたもって近づこうとしない。

「なにをこわがっているのだろう?」かれはアールツァバにたずねた。「すくなくともケーリルはこわがらないはずだが。飛翔戦車を降ろしたときに、その場にいたのだから」

アールツァバは十名のツォッター集団の興奮気味の〝歌もどき〟に耳を澄ましてから、こういった。

「不安がってはいないわ。それでも乗ろうとしないのは、城にも似たような車輛が用意してあるといいたいのよ」

「つまり、どういう意味だ」テケナーがさらにたずねた。

「遠くへ、遠くへ、目標めざし」最前列のツォッターが歌っている。ケーリルだろう。

「内陸遠征に出発するらしいわ」アールツァバが翻訳した。

テケナーは拒絶のしぐさをして、

「基地の状況がどうなのか調べてほしい、アールツァバ」テケナーはツォッターの女にたのんだ。「サイコドが保管されている場所の監視がどうなっているのか、出入口がいくつあるのか知りたい」

ツォッターたちはテケナーの言葉に耳をかたむけ、同時にアールツァバに向かって歌っている。しばらくのあいだ、彼女はわけのわからない言葉を聞いていたが、やがてツォッターたちに質問をした。だが返ってきた答えはそのままではほとんど理解不能だったので、彼女はふたたびテケナーを見て、

「建物にはいるのはかんたんだといっているわ」と、訳してくれた。「サイコドがどこに保管されているのかも知っているし、数も外見もわかるって。でも、正確なデータをいえるほどではないらしい。かれらについていって、案内をしてもらえばいいわ」

「ほんもののサイコドに近づくのなんて、らくらくさ」ケーリルが歌いだした。

テケナーはツォッターたちを完全に信用したわけではない。かれらが意図的にパラテンダーに情報をもらすと思っているわけではないが、観光客を案内するように気軽に基地に案内してくれればそれで充分だ。そうした能力はかれらにはあるだろうから。

「待つなんて、時間のむださ!」ケーリルがトレモロで歌うように急《せ》きたて、ほかのツォッターたちは同じ音程だが、思い思いの違う言葉でかれに賛成している。

「急ぎましょう」アールツァバもいった。「この機会を逃さないようにしないと」

テケナーはため息をつきながら運命に身をゆだねた。だがツォッターだけを信用するわけにはいかないので、もう一度装備を点検する。軽量の小型ブラスター、パラライザー、アームバンド装置、呼吸マスク、それに自分の姿を見えなくできるマイクロデフレクター・ジェネレーターである。これがかれの切り札だ。この装置がなければ、きっとツォッターについていったりはしないだろう。

「早くきて！」と、ケーリルは歌い、どんどん先へ進む。ほかのツォッターたちは、テケナーの足のまわりに集まって、押したりついたりしている。

「急いで歩いて、急いで！」かれらが要求した。

「しずかにしてくれないか」そういって、テケナーはアールツァバとケーリルがサボテンのあいだに姿を消したのを見た。テツォールはシフトから降りた場所にいて、決意しかねているようにサイコドを両手でいじっている。テケナーはかれに向かって叫んだ。

「いっしょにこないのか、テツォール？　きみの能力はわれわれの役にたつだろう」

シントはその言葉を待っていたかのように動きだし、ついてきた。テツォールはなぜ迷っていたのだろうか。なにかおかしい。それはたしかだ。先ツォッターのサイコドの数々と対峙《たいじ》することを考えると憂鬱になるのだろうか？　それとも恐怖心があるのか？

「テク、見て！」アールツァバが甲高《かんだか》い声で叫んでいる。そっちのほうにテケナーの気がそれた。「ケーリルはすばらしい若者だわ。わたしたちの仕事を肩代わりして、サイコドを手にいれてくれたのだから」

アールツァバに合流したテケナーは、自分の目を疑った。四十メートルはある巨大なサボテン二本のあいだの砂が漏斗状に掘られている。なかには二列にきちんと並べられた造形物。一列が六個で、いずれも抽象的なかたちだ。カボチャの大きさからツォッタ一の大きさまで、各種サイズの彫刻が八個、細密画がふたつ、レリーフがふたつだ。

アールツァバは興奮のあまり裏返った声で、

「ケーリルが先頭に立ってくれたおかげで、時間をむだにせずにすんだわ。居住地にもどって、すぐに実験を……」

アールツァバはそれ以上声が出なくなった。

テケナーがサイコドを調べようとしたとき、かれのうしろからテツォールの悲しげな声がした。

「これは贋作だ！」

シントが憂鬱な気分におちいっていたのは、そのせいだったのである。テケナーはこれまでも、サイコドから出る特徴的な放射を感じることはなかった。免疫があるからだ。そんなかれでもプシオン性のインパルスは感知できる。だがここにあるサイコドは沈黙していた！　振りむいてアールツァバを見て、とがめるように質問する。

「いまからきみをアールツァバンと呼ぼうか？」

「すっかり興奮して、テストをすることまで思いつかなかったの」と、彼女はあやまった。その声はまたノーマルな調子にもどっている。すくなくとも当分のあいだは。

「ほんものサイコド、もっとずっときれい！」ケーリルが歌いながら誇らしげに胸をはる。

「一生懸命やったのはわかるがね、ちび」テケナーはそういってかれの後頭部をなでた。「きみの努力はまったくむだだったわけではない。贋作をほんもののサイコドととりかえれば、盗難の発見が遅れるだろうから、そのあいだにできるだけ遠くに逃げられる。くるんだ、若いの。協力してくれ」と、ツォッターたちをうながす。かれらは一度いっただけで理解し、われさきに殺到して模造品を運ぼうとしている。

テケナーはなにも持たずにすんだ。

「がっかりだわ」奇妙な行列がふたたび動きだしたとき、アールツァバがいった。「さっきのわたしのミスが衰弱のせいだとは思いたくないわ、テク。わたしはノーマルよ」

「もういいさ」といいながら、テケナーは考えた。ケーリラやほかの者たちが性転換しはじめたときも、最初はこうだった！　これはとんでもないことになるかもしれないぞ。

だが、そうではないかもしれない。

それによって状況はまったく変わってくる。

＊

歩きだしてから数分ほどして砂嵐が襲来。テケナーはデフレクター・バリアに守られて、かくれ場のない領域をすでに半分ほど横断していた。ツォッターたちは目だたないから、とくにカムフラージュする必要はない。サイコドの模造品が見つからないように気をつけさえすれば、自由に動ける。

建物からサイレンがけたたましい音をたてた。パラテンダーの見張りが持ち場をはなれ、城のなかにひっこむ。次の瞬間、窓の鎧戸や扉が自動的に閉まり、真っ暗闇のなかでテケナーは一歩先も見えなくなった。嵐で吹きあげられた砂が、手袋をしていない手に痛い。目を閉じたが、それでも砂は瞼を通して侵入してくる。呼吸マスクをしているのに、砂の味がした。アームバンド装置で方向を調べればいいのだが、とても目を開けられる状態ではない。盲人のように周囲を手探りして進む。

奇妙な歌が嵐の咆哮に混じっている。テケナーは足がひっぱられるのを感じた。それから華奢《きゃしゃ》な指がかれの手のなかにゆっくりとはいってきた。とっさにその指を握りしめる。手をさしだしたツォッターは、かれを自分のほうにひっぱった。もう必要ないのにまだデフレクター・バリアをはっていたのに気づき、装置を停止させる。それにしても、先導してくれているこのツォッターは、姿が見えないのにどうやって自分を確認したのだろうか?

風がこない場所に到着したテケナーは、目をほんのすこし開けてみた。前に粘板岩のような材料でできた塀がそびえている。手をひいてくれていたのは、テツォールだった。テツォールはアールツァバとも手をつなぎ、彼女はもうひとりのツォッターとつながっている。かれらは手をはなした。突風がきて、テケナーは一瞬また目を閉じた。ふたたび目を開けると、砂の吹きだまりになって半分埋まってはいるものの、壁に開口部があるのが見える。

一ツォッターがなにかいいながら開口部をさししめした。嵐がかれの〝歌もどき〟を運びさってしまったが、テケナーは意味を理解して、あまり深く考えずに歩いて開口部を通りぬける。なかにはいるとまた足をひっぱられて進み、気がつくとせまい部屋のなかでツォッター集団にかこまれていた。サイコドの模造品が無秩序に置いてある。

「どうやってこの入口を見つけたんだ?」テケナーは呼吸マスクを開けて質問した。ケーリルが自分の服から砂をたたきおとしながら、低い声で歌う。「秘密の秘密の未知存在!」

「ハルツェル・コルドの城には、美術館に通じる秘密の通廊があったの」アールツァバが通訳する。「ガリノルグは知らないけれど、ツォッターたちは秘密の通廊もそのまま再現したのよ。現在の住人たちはだれもこのことを知らないわ。通廊はサイコドの倉庫に直接通じているの」

いちばん最後に開口部をくぐりぬけてきたのはテッォールだ。ツォッターたちは跳ねあげ戸で開口部をふさいだ。嵐の轟音がぴたりとやむ。

「ツォッターたちにサイコドをできるだけ早く建物から運びださせるんだ」と、テケナー。「わたしは見まわりをして、かれらが撤退するのを監視する」

「いっしょに行きます、テク」テッォールが申しでた。テケナーがそれを断ると、かれは自分の卵形のサイコドをしめして、「また姿を消してもいいですよ。これがあればあなたが近くにいるのがわかりますから」

「わたしのことはかまうな」テケナーはふたたびデフレクター・ジェネレーターのスイッチをいれ、部屋を出た。ひとりのツォッターがかれのところに走ってきて、驚愕したようすで甲高い声をたてている。もうひとりがかれの足につまずき、転んで鼻を打った。興奮したしゃべり声が高くなり、アールツァバがかれらにしずかにするように命じている。テケナーはわきの通廊を通って消えた。テッォールはかれのうしろにつづいている。

地下の通廊は、通りぬけられそうにない頑丈な壁で終わっていた。だが壁を調べたテケナーは、細長い出入口を発見。その先は煙突だった。上から光が射している。シャフトは非常にせまく、ほとんど動きまわる余地はない。亀裂のはいった壁に両足をふんばって上にあがるのはむずかしそうだったが、なんとか成功した。うしろでテッォールが低い声でささやいている。警告のようだ。だがテケナーはそれにかまわなかった。煙突を通って地上階のアルコーヴに出る。遠くから正体不明の物音が迫ってくるが、近くにだれかがいる気配はない。テケナーは思いきって通廊を見た。だれもいない。左側は下におりる階段になっている。サイコド美術館の出入口に通じているのだろう。右側は大きなホールに通じている。そこで複数の影が動いていた。突然ひとりの男が出現。ブラスターを肩にかけ、巡回中だ。

「なにを探しているのですか」うしろにいるテツォールがたずねた。「サイコドは地下室です」

「せっかくきたのだから、われわれの敵についてすこし調べたいのさ」と、テケナー。

「そんなことをしてどうするので？」

テケナーはそれに答えなかった。長年にわたってＵＳＯで活動してきた経験から、出動時はつねに敵の動きを探るという知恵が血肉と化している。この状況でも、敵側の意図がすこしでもわかれば、こちらに有利にはたらくかもしれない。

　自分の姿は外からは見えないので、テケナーは通廊に出た。階段とは反対の方向のホールに向かう。武装した男四名がいる。おそらくパラテンダーで、四ヵ所の出入口を見張っているのだろう。

テケナーは振りかえってテツォールを見た。だが、シントはどこにもいない。かれの卵形のサイコドだけが、床から一メートルほどの高さを漂いながらテケナーを通りすぎ、ホールにはいっていく。テケナーは急いでサイコドに追いつこうとした。捕まえてデフレクター・バリアにいれ、安全を確保しようとしたのである。だが、サイコドはすでに見張りに見つかってしまった。

「なんだこれは？」かれらは射撃姿勢をとり、回転しながら浮遊する卵に狙いをさだめている。

「サイコドだ！」

「ちくしょう、撃つな。捕まえるんだ！」

パラテンダーたちはサイコドを追いかけようとしている。だが、サイコドはすばやく動き、四つある通廊のひとつに消えてしまった。テツォールは先導しようとしているのかもしれない。そこでテケナーは同じ方向に進んだ。デフレクター・フィールドで姿を消しているので、なにも心配せずにパラテンダーたちのわきを通りすぎる。

「チーフ・パラテンダーに報告しないと」と、男のひとり。「わたしが報告に行く」

かれは王のサイコドがはいっていった通廊に消えた。テケナーはかれを追跡する。きっと〝チーフ・パラテンダー〟のところに行けるだろうから。音をたてずにパラテンダーをぴったり尾行しているあいだもテツォールを探したが、姿がない。

と、突然シントがかれの横に実体化した。興奮したようすでテケナーの服をひっぱり、なにか伝えようとしている。だが、かれにはその意味がわからなかった。テツォールはなにかを心配しているらしい。

シントの懇願に負け、かれといっしょに撤退しようとしたそのとき、例のパラテンダーが開いているアーチから、おおぜいの話し声がする部屋にはいっていった。

せめてなかを見てみたい。マルゴルのチーフ・パラテンダーを見るという絶好のチャンスを逃したら、後悔するだろう。たった数歩だけのことだ。

かれは前に踏みだした。

アーチ型の出入口に立ったかれは、思わず息をのんだ。信じられないことに、そこにホトレノル＝タアクがいたのである。あらゆる予想をしていたつもりだが、かつてのヘトソンの告知者をここで目撃しようとは。そばには禿頭《とくとう》のヴィンクラン人と、スプリンガーらしい男数名がいる。かれらは制御コンソールをかこんでいた。コンソールは漏斗のように上にいくほど細くなっている部屋のちょうど中央にある。

ラール人は、浮遊するサイコドの出現を報告している見張りを無視し、テケナーの方向を見た。まっすぐにこっちを見ている。まるでデフレクター・フィールドがあるのにかれが見えるかのように。そしてこういった。

「はいってこい、ロナルド・テケナー。きみを探知し、きみがくるだろうと思っていた。くだらないデフレクター・ジェネレーターのスイッチを切るんだ。さしで話しあえるようにね」

テケナーは、万事休すと知った。状況からして、いくら抵抗してもむだと悟ったのである。

いわれたとおりデフレクター・フィールドを切った。スプリンガーたちが近よってきて武器をとりあげても抵抗しない。

遠くのほうで身の毛もよだつわめき声がして建物中に響いている。かれのツォッターたちも捕まったらしい。作戦は完全に失敗したということ。すべてがうまくいきすぎたのはなぜか、もっと疑うべきだった。だがその一方で、自分は非難されるおぼえはないとも思っている。ホトレノル＝タアクがこの城のチーフ・パラテンダーだと知っていたら、もっと用心していただろう。だがそんなことはだれも予測できなかった。

「このような状況下でも、不敵な笑いを浮かべているとはたいした度胸だ、テク」ラール人が皮肉った。「テクと呼んでもいいかな？」

「どうぞ、タアク」

「ホトレノルと呼ばれるほうがわたしにはいいな。われわれみたいな古くからの知り合いは、親しみをこめて呼びあうことが許されるだろう」ラール人はスプリンガーたちに向かって、「われわれだけにしてくれ。出発の準備を万端ととのえるように。嵐がしずまったら出発するぞ」

ホトレノル＝タアクとヴィンクラン人をのこして全員が部屋を出ていった。ヴィンクラン人はかなりの年寄りらしいが、まっすぐな姿勢で、テケナーよりさらに数センチメートル背丈がある。血統が異なる対照的なこのふたりは、どこか共通しているところがある、とテケナーが考えていると、ホトレノル＝タアクがいった。

「きみに穏便な解決策を提案したいんだ、テク。どうだ、われわれと手をむすばないか？」

ラール人の申し出は、テケナーにとって大きな驚きだった。

7

「いくら頑張っても、協力の可能性など見いだせないと思うが」テケナーがいった。「きみはマルゴルの奴隷だ、ホトレノル。わたしはこの犯罪者と戦っている。ふたりのあいだには、こえがたい溝がある」

ホトレノル＝タアクはテケナーの挑発的な発言を聞き流した。テケナーは、自分の意志をもたない奴隷とパラテンダーの違いがわからないほど愚かではない。

「それでもいわせてもらうが、われわれには共通の利益がある」と、ラール人。「わたしはきみがツォッタートラクトに到着して以来観察していた。きみの妻が二両めのシフトに乗っているのも知っている。わたしのスパイたちが彼女を追跡しているのでね。だが、ここで問題なのはそのことではない。たしかにわれわれが奉ずるイデオロギーは異なる。それでもわれわれには利益が一致する点があるのだ。動機は違うが、サイコドと先ツォッターの秘密を解明しようという気持ちは同じじゃないか」

「わたしがそれをどの程度重視しているか、ご存じかな？」テケナーが応じた。「わたしにとってなにより重要なのは、マルゴルに悪行をやめさせることだ。それ以外は副次的な意味しかない」

「なぜ遠まわしに話しているのか、タアク」ガリノルグが口をはさんだ。「もっとストレートに話しあおう。サイコドがかれの考えを変えさせるだろうから」

「わたしには免疫があるのでね」テケナーが冷静にいう。ホトレノル＝タアクはそれを信じた。

かれの目から見ると、テケナーはできる男だ。銀河政治には関与していないが、それでもこの銀河でもっとも重要な人物のひとりだろう。たしかにテケナーもこの領域に偶然に迷いこんだのだが、行動型の男だから、抜け目はないはず。

ホトレノル＝タアクが銀河系の七種族のヘトスを代表していた当時、テケナーは地下活動の闘士として成功をおさめていた。ホトレノル＝タアクは、権力を失ったあとにテケナーと最初に出会ったときのことをおぼえている。

その直前、かれのSVE艦隊はアルクル＝ベータのブラックホールで行方不明になった。自分は脱出したが、GAVÖKパトロール隊に捕まってしまう。状況は絶望的でリンチにかけられるという最悪の事態も予想されたもの。

そのときにテケナーがテラの旧ミュータントでテレポーターのタコ・カクタの意識を宿してホトレノル＝タアクの近くで実体化し、かれを《アルハンブラ》艦内に収容したのである。

ホトレノル＝タアクがいま生きているのは、ロナルド・テケナーのおかげなのだ。だが、それだけの理由でテケナーの能力を評価しているのではない。感傷的な理由から期限つき協定を申しでているのでもない。ラール人は、感傷などというものを、おそらくテケナー同様にもちあわせていないのだ。協力を提案したのは、理にかなった必要性があるからにすぎない。

「わたしは胸襟を開いて話しているつもりだ、テク」と、ラール人。トランプでいえば、カードをすべて見せているといったところだろう。「信頼には信頼でこたえる、それでいいな？」

「じゃあ、まずはきみから、ホトレノル」テケナーが要求した。

「サイコドのことが心配でならないのだ」と、ホトレノル＝タアク。「ボイト・マルゴルはサイコドにたよりすぎている。サイコドに潜在する力ばかりに気をとられているのだ。そこに危険も併存しているのに気づいていない。わたしはマルゴルを賛美するつもりはない。かれの行為の多くが、サイコドに刺激されて生じているのはたしかだ。マルゴルは、いま、危険な状態にある……」

「タアク！」ガリノルグが話の腰を折った。「だれに向かって話しているのか、忘れているんじゃないか」

ガリノルグが異議を唱えたのをきっかけに、ホトレノル＝タアクはかえってテケナーに対する信頼を口にすることになった。

「テクはわれわれの同盟者だよ」と、ホトレノル＝タアクは応じ、ふたたびテラナーのほうを向いて、「わたしがツォッタートラクトにきたのは、サイコドの意味を解明するためさ。きみのこれまでの動きから、きみも似たようなことを考えているはずだが、テク。マルゴルはわれわれの計画についてはなにも知らない。わたしはかれの意志に反してこの作戦をはじめた。わかるか、テク？　マルゴルに逆らっているのだ。かれの活動を正しい軌道に乗せたいと思うからこそ、そうしているのだが。この銀河は強い力を必要としている。マルゴルは諸種族をひとつにまとめられる男だ。だが、かれが適当でない手段を使うのはやめさせたい。サイコドがかれに悪影響をおよぼすのを阻止するため、力を貸してくれないか。われわれがたがいを正しく理解するためにいっておく、テク。わたしはきみがマルゴルに寝返るのを要求しているのではない。きみの意見を変えようとすら思っていない。協力しているあいだは、自分たちのイデオロギーを忘れ、共通の目的のために敵意を捨てて努力しようじゃないか。サイコドの研究という目的のためにね。どう思う、テク？」

「わたしにはほかに選択肢はない。なにしろ囚《とら》われの身なのだから、ホトレノル」と、テケナーは答えた。「でも、きみがわたしを同等にあつかってくれると確信している。

その条件がかなうなら、期限つきの協力関係に同意してもいい」

「きみを自由な人間としてあつかうさ、テク」ホトレノル＝タアクはとっさにいった。テケナーが自分の提案をうけることはわかっていたもの。賢い男だから、この協定が双方にとって有益だと理解できるはず。ラール人はつづけた。「公正を期すためにあらかじめいっておくが、この協力協定よりも優先すべき状況が生じたら、この関係は終わりとする。そうは見えないかもしれんが、わたしはボイトに忠実なのでね。かれを愛しているし、敬っている」

「わたしにパラテンダーの隷属性について説明する必要はない、ホトレノル」と、テケナー。さらに、「わたしを転向させるつもりがないなら、これでこの話は終わりにしよう」

「死人にしては、きみは驚くほど如才ないな、テケナー」ガリノルグが敵意をむきだしにする。またしてもかれは絶好のタイミングできっかけをつくってくれた。

「どうやってわれわれが蘇生したのか、さぞかし知りたいだろうな」そういって、テケナーは奇想天外な、ほとんど信じがたいような話をはじめた。

かれと妻が、自分たちの〝遺体〟が搬出される場面の目撃者となったいきさつ。どうやってツォッターの女の居住地を発見したか。彼女たちがいわゆる〝王のサイコド〟の力で、数十年も前にツォッタートラクトからテクヘロンにやってきて、ラキクラスの遺跡で実験を続行していること。ツォッターの女たちと先ツォッターのテッツォールとの出会い。彼女たちがテッツォールにパラプラズマのからだをあたえたこと、などだ。テッツォールは、彼女たち全員をつれてツォッタートラクトにきて、協力して先ツォッター芸術作品の悪用がこれ以上行なわれないようにすることを約束していた。

テケナーの話により、先ツォッターがプロヴコン・ファウストの星間物質カバーの内部にはいり、かれらの〝幽霊〟がパラプラズマ球体を形成し、真空案内人がいないとはいれないような障害物になっている、という推測が裏づけられた。さらにホトレノル＝タアクは、ツォッターたちが両性具有で、男段階にくらべれば、女段階のほうがずっとましだということも知ったのである。

「あとはざっと説明するが」と、テケナーは話をまとめ、「サイコドをガイアに運搬することを口実に、パラテンダーからスペース＝ジェットを入手するのは、それほどむずかしくなかった。それでツォッタートラクトにやってきたということ。サイコドを倉庫から盗み、秘密の女性居住地に持っていって、そこで調べさせるのがわれわれの目的だ。残念ながらきみにじゃまされたがね、ホトレノル」

「それは申しわけなかったな」と、ラール人は応じたが、まだ話を終えさせるつもりはなかった。テケナーが情報をかくしているとわかったからである。自分が同じ立場でもそうするだろうから。「きみたちをツォッタートラクトに降ろしてから、スペース＝ジエットはどこに向かったんだ？」

「われわれの案内人はテクヘターなので」と、テケナー。「故郷にもどったのでは？」

「謎の男テツォールと王のサイコドはどこだ？」ホトレノル＝タアクはたてつづけに質問する。

「テツォールはパラプラズマ肉体を正常にたもつのに苦労していた」と、テケナー。

「非実体化したのかもしれない。でもまた力を回復したらあらわれるだろう」

「それは残念だな。先ツォッターなら種族の謎を解きあかしてくれるだろうに」と、ホトレノル＝タアクは探りをいれるようにいった。「だが、きみはかれから話を聞きだしたのだろう、テク？」

「もちろん、かれの種族の話をさせようと根掘り葉掘りたずねたが」と、テケナーは白状した。「それほど多くの情報は得られなかった。だが、もともとサイコドは、のこされたツォッターたちがそれをたよりにパラプラズマ球体にはいるためのものだ。それなのにツォッターたちは退化し、時間の経過とともにサイコドの本来の意味を忘れてしまったというわけで」

ホトレノル＝タアクは、テケナーがもっと知っていると確信しているにもかかわらず、ひとまずこの説明に満足したふりをした。そのうちいつか、のこりの情報を聞きだせるにちがいない。内陸遠征中にこの点についてくわしく話しあう機会があるだろう。

「地上車の準備ができている」と、ホトレノル＝タアク。「すぐに出発できる。ここにいたのでは時間のむだだからな」

出発をせかす理由は充分にあった。だがそれをホトレノル＝タアクはテケナーに明かさなかった。遅かれ早かれ、ボイト・マルゴルがのこりのサイコドを手にいれるためツォッタートラクトにくることは、はっきりしている。そのときまでにできるだけ遠くにはなれていたい。テケナーと手を組んだことに良心のとがめを感じないためだ。

「わたしもここにいすわるつもりはないのだが」と、テケナー。「ひとつだけ質問がある。きみには、本気のあかしとしてサイコドを持っていく覚悟があるのか？」

ホトレノル＝タアクは躊躇《ちゅうちょ》した。ここに到着してサイコド美術館がからっぽだとわかったら、マルゴルはどんな反応をしめすだろうか。これは大きな危険をともなう賭けだ。だが、そうしなければなるまい。

「もちろん、サイコドを持っていくさ」ラール人はきっぱりといった。

この瞬間、魔法のように突然、ツォッターがひとりあらわれた。ホトレノル＝タアクは、それを見たテケナーがびくりとなったのを見逃さなかった。

「ぜんぶ聞きました」と、ツォッター。「あなたの協定も了解です、テク」

「おお、これがあの伝説のテツォールだな」ホトレノル＝タアクは満足げにいった。というのも、具象化した先ツォッターの存在は、テケナーにとっては戦略上の弱みだからである。
「われわれの仲間にようこそ」ラール人は本心をかくして親しげにいった。

＊

テケナーはいちばん都合の悪いタイミングであらわれたテツォールを呪った。シントが狡猾《こうかつ》なキツネのようなホトレノル＝タアクに、マルゴルの使命に関する情報をうっかりもらしてしまうおそれがあるからである。ラール人に現在の状況を知らせないことが、もっとも重要なのだ。かれが真実を知ったら、もはや協力せず、あからさまな対立になることは必至だから。

他方、テツォールの登場はテケナーの望みでもあった。ホトレノル＝タアクのほうがよりよい立場にあるということをのぞけば、この協力関係により多少の成果は期待できるのだから。すくなくとも、双方に利益の対立が生じないかぎり。

ホトレノル＝タアクは、テケナーと同じ地上車で行くと決めた。テツォール、アールツァバ、発端者のビリアとイストリも同乗する。ガリノルグが運転し、パラテンダー四名が見張りとしてつく。ほかの二両の地上車は、スプリンガーたちが乗り、ツォッターが運転する。テケナーのシフトもスプリンガーたちに譲った。かれらと同行するのは、からだのかたちがつねに変化する異種の生物である。

「これはタジャロだ」ホトレノル＝タアクが説明した。「この半知性体は、マイクロ・スパイを装備しているすぐれた偵察要員だからな」

テケナーはドラがドラストになった事件を思いだし、このタジャロのうちの一頭が犯人だと直感した。ホトレノル＝タアクが率直に認めたところによれば、タジャロたちはジェニファーのシフトを山の洞穴まで追跡したが、迷宮のなかで見失ったらしい。テケナーのシフトは先に飛行し、タジャロの集合場所に着陸。かれらはあとからここにくることになっている。

この作戦行動の意味をテケナーはよく理解していた。ホトレノル＝タアクはおのれの身を守り、ツォッターの女の居住地もテケナーの支援なしに探したかったのである。だがテケナーはべつに腹をたてなかった。不信はおたがいさまだからである。

移動中、ホトレノル＝タアクはテツォールから話を聞きだそうと何回もこころみた。表面上は無難な質問を出し、あたりさわりのない意見を述べているのだが、ほんとうはテツォールから情報をひきだそうとしているのが見え透いている。

たとえばこうだ。

「ツォッターたちがボイト・マルゴルを憎んでいるからといって、かれらを恨んだりはしないさ。きみからすると、かれがサイコドを使ってやっていることは、とんでもない冒瀆だろうからな、テツォール」

「まさか」テツォールは困った顔で応じた。「マルゴルを非難したりするものですか。かれはわれわれの最後の希望ですから」

「それはまた、どういう意味かな？」ラール人は期待に満ちた顔になった。

「マルゴルがサイコドを放棄し、パラプラズマ芸術作品がせめて数作でも救出できればいいと、テツォールはずっと望んでいるのさ」テケナーが口をはさんだ。「サイコドは守らなければならないし、ツォッターの女たちの実験の役にたつからね」

「そう、そういうわけです」テツォールは意味がよくわからないまま、肯定した。

だが、ホトレノル＝タアクはそれでは不満足らしく、さらに食いついてくる。テケナーは何分間もやきもきさせられた。テツォールがマルゴルとサイコドの関係を説明しそうになったからである。

だが、そのときに突発事件が起こって、状況が一変した。それまで会話を黙って聞いていたアールツァバが、急に典型的な性別変遷期の症状をしめしたのである。息が荒くなり、からだが発作のときのように痙攣しはじめた。

「わたしのなかの男性が……」と、最初は喉の奥から音を出し、ふつうに話していたが、急に甲高い声になって意味不明な言葉をまくしたてている。「……どんどんいらだちをつのらせ……平静さを……なぜ、どうして……？」

「おちついて、アールツァバ」ビリアが話しかけ、イストリの手を借りて彼女を食糧貯蔵室につれだす。テケナーはテッォールもいっしょに行かせた。シントの影響力でアールツァバの性転換を阻止するためだという口実のもとに。

「ツォッターの女の居住地への案内役としてアールツァバが必要なのでね」と、テケナーはラール人に説明した。

一行は丘陵地のあたりについて、サボテンの森にかこまれている谷で先遣隊とおちあった。テケナーがスプリンガーたちに譲ったシフトはかなり前に到着していて、ペファール・ガリジャ＝ピオッコルはタジャロたちを一列にならばせていた。かれらはまったく動かず硬直した状態で、太った醜い毛虫のかたちになっている。逆立った体毛はS字型にカーブしていた。

アールツァバはテツォール、ビリア、イストリと食糧貯蔵室からふたたび姿をあらわし、テケナーに約束した。

「もう完全によくなったわ、テク。ほんとうに大丈夫だから」

ペファールの報告を聞くために、一同はシフトから降りた。かれは五百メートルはなれた岩壁の近くにある洞穴の出入口をさししめし、

「あそこにもう一両のシフトが消えた。タジャロたちは二キロメートルほど追跡したが、その先は岩盤が崩落して道をふさいでいたのでね。テケナーを名のって、シフトと交信をこころみたものの、うまくいかなかった。サボテンのあたりでツォッター数名を目撃

したが、逃げられてしまう始末で。タジャロに追跡させるのは見あわせた。誤解されるかもしれないからだ。岩石はあらゆる種類の放射を遮断し、通信ができるのは、好条件に恵まれても、数百メートルからせいぜい一キロメートルの距離。それでタジャロを先遣隊として送るしかなかったのだが、かれらからもあまりはなれるわけにはいかないしね。シフトのポジトロニクスを使って、タジャロが調べた洞穴の見取り図を作成したので、きっと役にたつだろう」

そういって、かれは地面にフォリオをひろげた。いくつにも枝わかれした洞穴の地図だ。出入口から百メートルの地点で、すでに通廊は細かく四つに枝わかれし、そこからまた両脇、上下に道が分かれている。

「きてくれ」ホトレノル＝タアクがアールツァバにいった。「きみたちのかくれ場に通じる洞穴はどれなのか教えてくれないか」

アールツァバは求めに応じて図面をじっと見つめている。だが、彼女はこみいった線の塊りを理解できる状態ではなかった。テケナーが説明を補っても、やはり道をさしめすことができない。

「だが、われわれを案内することはできるだろう？」ホトレノル＝タアクがきいた。

アールツァバは口を開けたが、唇から出てきたのは奇妙なしわがれ声のみ。何回も咳ばらいしてからようやく声が出るようになった。

「道は知っています」と、答える。「案内しましょう。安心してわたしを信用してください」

「あまり信用できないな、アールツァバン」と、ホトレノル＝タアク。

「わたしの名はアールツァバです」と、変化の兆候があるツォッターの女はいらだっている。

だが、ホトレノル＝タアクは平然としてつづけた。

「隊列を組んでなかにはいるとしよう。アールツァバは一両めの地上車を案内してくれ。ほかの二両は交信が可能な範囲で距離をたもってつづく。つまり、段階的に洞穴内部にはいるのだ。さらなる安全対策として、一定の間隔で通信装置をつけさせたタジャロを配置する。かれらは中継および探知ステーションとして機能してくれるはずだ。こうすればわれわれはつねに交信でき、迷宮で道に迷う心配もない」かれはテケナーのほうを向いていった。「きみときみのツォッターの友を信用していないという意味ではないからな。これは安全のための対策だ」

「もちろんさ」テケナーはあざけるような口調で応じた。

ホトレノル＝タアクはそれを無視して、

「先頭の車輛を操縦してくれるかな、ガリノルグ？」とたずねると、ヴィンクラン人はうなずいた。「よろしく。それで、ペファールは二両めをたのむ。そのポジションからだと、タジャロの配置を調節しやすいだろうからな。テク、テツォールとわたしは最後の三両めだ。いいかな？」

ガリノルグはアールツァバとツォッターの女二名とともに一両めの地上車に乗りこんだ。すぐにスタート。一両めが洞穴の出入口についたのを見て、ペファールが二両めを発車させた。タジャロたちが擬似脚で歩いてそれにつづく。

「ずいぶん用心深いな、ホトレノル」テケナーがいった。

「銀河系の運命がかかっているのだから、もっとも安全な方法を選ばないとね」と、ラール人。「さ、テク、われわれの番だ」

貨物室にサイコド十二個を積んだ地上車に乗りこむ。タアクは助手席に。ホトレノル＝タアクはテケナーに目で合図し、かれに操縦をまかせた。タアクは助手席に。テツォールも運転キャビンに乗車。テケナーがスタートすると、ホトレノル＝タアクは通信装置のスイッチをいれた。

「こちら一両め」と、ガリノルグ。「すでに八百メートル移動した。走行条件は悪くない。じゃまな岩盤の突起はわれわれが破壊する。二両め、どうぞ」

「こちら二両め」スピーカーから声がした。「ちょうど洞穴にはいったところ。通信状態は絶好調。一頭めのタジャロがいるのが千メートル地点です。三両め、どうぞ」

「いま行く」ホトレノル＝タアクはマイクロフォンに向かってそれだけいった。

テケナーの運転する地上車は斜面をあがっていく。先行車のシュプールがのこっていた。

「こちら一両め」スピーカーの音声がひずんでいる。「未調査の領域にはいった。地図作製装置を起動し、ルートを測量して記録しているところだ」

「こちら二両め……」

ちょうどテケナーが洞穴にはいろうとしたとき、計器盤に赤い警告灯が点灯。

ホトレノル＝タアクはほかの地上車との通信を切断した。テケナーはすぐに理由がわかった。警告灯はべつの周波帯で発せられた緊急呼びだしだったからである。

テケナーは息をつめた。ラール人が通信周波を変更し、呼びかけに応じようとしていたからだ。

「……《ガリジャテヴ》。ルコルからホトレノル＝タアクへ。球型船の接近を探知しました。テラの超弩級戦艦です。ホトレノル＝タアク！　応答せよ……」

「聞こえているぞ、ルコル」と、ラール人。「どんな宇宙船だって？」

「テラの超弩級戦艦で……」

「正確に確認したいんだ」ホトレノル＝タアクがいらいらして口をはさんだ。「船名は？　船籍は？　要員は？」

「まだ確認していません。不気味な威圧感だ……われわれの真上にいて、こちらに向かって高度を下げています」

テケナーはとっさにドオムヴァルの使命のことを考えたもの。一瞬、幻影が見えたような気がした。テクヘターはプロヴコン・ファウストの外でLFT船に乗りうつり、ツォッタートラクトまで案内している。それが現実だったらどれだけいいことか。

スピーカーから悲鳴が響き、それからすさまじい音がスタッカートのように断続的に聞こえた。もう一度、ルコル・ガリジャ＝ピオッコルの声。ヒステリー患者のように苦しげな声だ。

「戦艦が攻撃を開始した。われわれ全員……」

通信がぷつりととだえた。

テラナーもラール人も、沈黙を破ろうとはしなかった。それぞれの想念にふけっていたのである。

8

ランデヴーはガイア上空で行なわれる。ボイト・マルゴルは《ムーンビーム》の司令室にいて、超弩級戦艦の全周スクリーンで、《ゴルセル》が接近するのを見ていた。

SVE艦はハイパー空間泡のエネルギーを吸収してふくらみ、力強い構造体になっていた当時のような堂々たる外観ではない。この吸引作用で、マルゴルもパラテンダーたちとホトレノル＝タアクのSVE艦にやってきたのだった。それがマルゴルの一生における新局面のはじまりだったもの。それ以来、かれは坂をのぼりつめ、おのれの権力の頂点に達するために努力してきた。

マルゴルは感傷的に過去をなつかしんでいるのではなく、どうやったら復活をとげられるか冷静に考えている。どん底の状態を克服し、思ってもみなかったような大躍進をとげる方法を、つねに思いうかべている必要があった。

すべてはサイコドのおかげである。まさにすべてだ！

《ゴルセル》から搭載艇が《ムーンビーム》に接近してきた。格納庫エアロックが開き、搭載艇が滑りこむ。

マルゴルはロクティン＝パルの存在を近くに感じた。ラール人プロヴコナーが司令室まで歩き、自分の近くに歩みよってくるさまを、感じとったのである。

「艦隊の出撃準備がととのった」と、ロクティン＝パル。「百六十七隻の戦艦はすべて指定宙域に集結し、きみの指示を待っている、ボイト」

「ありがとう、パル」マルゴルが満足げにいった。「艦隊の指揮権をきみにあたえる。艦隊をプロヴコン・ファウストから出し、パラプラズマ球体の向こう側に配備してくれ」

「なぜ自分で指揮をとらないんだ、ボイト？」ロクティン＝パルが驚いていった。「自分でパラテンダーたちをひきいるのは、心理的にも非常に大切だと思うが。かれらは最近、きみと直接コンタクトできずにいる。きみを必要としているんだ、ボイト！」

「わたしはかれらの乳母《うば》か？」ボイトが吐きすてるようにいった。さすがにいいすぎたと思ったのか、言葉を足して、「わたしはここでまだかたづけることがあるのでね。ツォッタートラクトに寄って、それから追いかけるから」

「ホトレノルのためだな、ボイト？」と、ロクティン＝パル。「かれの背信から立ちなおれず、罰してやりたいと思っているのはわかる。だがそれは、ほかのだれかがすればいいこと。きみの居場所は艦隊だ、ボイト。きみのために銀河を征服するパラテンダーたちのそばだ」

「いいや」マルゴルはきっぱりといった。裏切り者ホトレノル＝タアクに激怒するあまり、われを忘れないように気をつけながら、「わたしはタアクの勝手な行動に自分で復讐するつもりだ。この手であいつを罰する」

「それなら、艦隊をそのあいだプロヴコン・ファウストにとどまらせたほうがいいだろう」と、ロクティン＝パルが考えながらいった。「すべての艦船が星間物質カバーの向こう側に出現したら、LFTとGAVÖKにあらかじめ警告するようなものだ」

「かれらはわれわれの艦隊とはとてもはりあえない。きみは自分でそういったじゃないか、パル」ボイト・マルゴルがいいかえした。「ともかく、まずきみが艦隊と出発してくれたまえ。わたしもすぐに追いかけるから。ホトレノル＝タアクもそう長くは抗戦できまい」

ロクティン＝パルは躊躇した。司令室の内部を見まわしていたが、やがて念を押すように、

「きみは真空案内人を艦内に乗せていないじゃないか、ボイト」

「ご明察だな、パル」マルゴルは皮肉っぽく応じて、「真空案内人は不要なのでね。わたしは《ムーンビーム》を独力で操り、パラプラズマ球体をぬけられる。自分でできるとわかるんだ。艦内にはサイコドが五十九個もあるからだ。それがわたしに力をくれる

のさ」

「ボイト、気がふれたのか……」

「パル！」マルゴルは鋭い目つきでかれを見て、自分のアミュレットを動かした。頸にかけたサイコドの魔力にラール人が呪縛されているさまを、マルゴルは満足げに見ている。先ツォッターの精霊の力がはたらいたのだろうか？

「なにを考えている、パル？」ボイトが勢いこんでたずねた。

「わたしが思うに……」ロクティン＝パルがつっかえながら話しはじめる。「……きみはサイコドがパラテンダーにあたえる影響を過大評価しているのではないか。ホトレノル＝タアクが、サイコドに影響されてきみを裏切ったのではと心配しているようだが……それはまちがいだ、ボイト。きみのプシ親近感のほうがずっと強い……それを見くびっちゃいけない……」

「黙れ！」マルゴルが命じた。心のなかを見透かされ、もっとも秘密にしておきたい不安を暴かれたように感じたのである。荒い息でいった。「サイコドの力について、なにを知っているというのだ！」さらに、サイコドの力を知られてたまるものか、と心のなかでいってから、ふたたび口に出して、「《ゴルセル》にもどれ！」

ロクティン＝パルは無言でしたがった。マルゴルはラール人を載せた搭載艇が旗艦を去っていくまで、その場に立ちつくし、それから主制御コンソールに向かった。

「ツォッタートラクトへ！」と、命令して、「わたしが案内人になる」

かれはこの飛行を最初の試験だと思っていた。予定しているパラプラズマ球体横断飛行にそなえるための試験である。ツォッタ星系は内縁部に位置し、真空案内人にとってそれほどむずかしくはない。ある程度条件がよければ、すぐれた航法士ならだれでもツォッタートラクトに行きつける。ボイトは宙航士ではない。宇宙飛行の技術的な問題にかかわったことはなかった。だからこの飛行で、最初の経験を積もうとしたのである。きっとできる！

かれの考えはこうだ。パラプラズマ球体は、肉体を奪われた先ツォッターたちが星間物質カバーに吸収されたときに、かれらのメンタル力で形成された。このことはまちがいのない事実とみなすことができるし、そうにちがいない。サイコドは精神化した先ツォッターの遺物で、かれらによってプシオン充塡されている。マルゴルは多数のサイコドと緊密な精神的関係を確立しているので、パラプラズマ球体とも強い結びつきを感じていた。だから流れのパターンや構造もわかり、大渦巻を通りぬける道も見つけられる。真空案内人たちはパラプラズマ球体になった先ツォッターたちと意思を通わせているにすぎない、とかれは確信していた。それはかれらにとって天性の、おそらく遺伝的に伝えられている能力なのである。

だが、マルゴルはサイコドを持っている。五十九個が《ムーンビーム》最大の貨物室に収容され、ひとつは自分でさげていた。

自分は先ツォッターの遺産の正統な相続人である。そうであるなら、パラプラズマ球体を克服できないはずがないじゃないか？　軽々とこなせるにきまっている！

だがこの瞬間、かれはまったく違う問題をかかえていた。リニア飛行に必要な速度に達する前に、《ムーンビーム》はスタートした。

《ムーンビーム》は《ゴルセル》と最後の交信をした。

〈ガリノルグを切りすてるな、ボイト〝ピリオド〟案内人としてのかれの能力はきみの役にたつ〝打電終了〟〉

電報の発信者は、〝ロクティン＝パル〟。

マルゴルはラール人プロヴコナーの生意気な態度に腹をたて、頸をへし折りたいぐらいだった。ロクティン＝パルが目に見えるところにいたら、きっと激怒にかられて鬱積したプシ・エネルギーをかれに対して放出しただろう。近くにいなかったのはさいわいだった。さすがにマルゴルも、かれを殺したくはなかったからである。

リニア飛行がはじまり、短時間で終わった。《ムーンビーム》は星間物質カバーの外縁部からなかにはいっていく。

司令室が殺気だってきた。要員たちはぴりぴりして精神を集中している。

ホトレノル＝タアク！

変節したこのパラテンダーのことを思いだすたび、怒りのあまり口から泡を吹きそうになるもの。マルゴルにとって重要なのは、裏切り者のラール人を罰することではなかった。ホトレノル＝タアクが介入する前に、サイコド十二個をツォッタートラクトからなんとしても回収したい。ロクティン＝パルが、マルゴルはサイコドの放射をおのれのプシ親近感よりも強いとみなしていると指摘したのは、まったく正しかった。しかもマルゴルは自分でもよくわかってそういっていたのである。なにしろサイコドの力をほかのだれよりも知りつくしているのだから。

サイコドは絶対だ。サイコドにくらべれば、すべてのものが色あせて見える。

「目標星を探知。ツォッタートラクトが見えてきました」要員が連絡してきた。マルゴルはそれを潜在意識で聞いている。ホトレノル＝タアクのことはひとまず忘れ、着陸操作に集中しなければ。

古い恒星のツォッタは邪悪な赤目のように光っている。どんどん大きくなる金の球体はツォッタートラクトだ。《ムーンビーム》はついにきらきら光る星間物質カバーにとらえられた。

超弩級戦艦は、大気の塵でできた渦巻層を通って高度を徐々に下げていく。マルゴルは耐えがたいほどの緊張に襲われている。

「探知！」

思考していたマルゴルは、現実にひきもどされた。

「われわれの着陸目標の近傍に、大型転子状船を発見。スプリンガー船にまちがいありません。砂でおおい、カムフラージュしたつもりらしいが不充分でして」

ホトレノル＝タアクとガリノルグを乗せてツォッタートラクトに向かった宇宙船だ。マルゴルは、ラール人とヴィンクラン人が建物に急行し、サイコドを見張っているパラテンダーたちを情け容赦なく殺害するさまが目に浮かぶようだった。英雄的に戦うパラテンダーたちは、タアクの同盟者であるスプリンガーの攻撃にあい、ひとりまたひとりと倒れていく。そしてかれらは聖域に突入し、サイコドをかき集めて転子状船に運ぶのだ。もしかすると、すでにそれが現実となっているかもしれない！　転子状船はスタート準備をしている。十二個のサイコドを持つホトレノル＝タアクは、すでにおのれをプロヴコン・ファウストのあるじだと思っている……先ツォッターの遺産の相続人だと……

「撃て！」マルゴルは命じた。さらに命令をくりかえす。「撃て！　撃つんだ！」

パラテンダーたちが反応するまでにかなりの時間がかかった。

「転子状船を爆撃せよ！　飛行不能になるまでやっつけるのだ！」

ようやくパラテンダーたちが動きをみせた。行動を開始したのである。警報！　命令が司令室を乱れとぶ。火器管制センターが応答して確認する。スクリーンがすべて明るくなり、目標捕捉グラフがうつしだされた。シリンダー型の物体である。

撃て！　撃て！　撃て！

こうして攻撃は終わった。

マルゴルは解放感のあまり高笑いをしている。笑いがとまらない。裏切り者たちに思いしらせてやったのだから。かれらはツォッタートラクトから動けない。退路は断たれたのだ。マルゴルのなすがままである。裁きを下してやろうか？　それとも寛大な態度をとろうか？　だが、サイコド十二個が無傷でひきわたされないかぎり、温情ある処分は無理というもの。

いずれそれは明らかになるだろう。

《ムーンビーム》は着陸した。なんとひどい光景だろう。転子状船の残骸からヒューマノイドがよろめきながら出てきた。数名は外に出ることもできず、その場で力なく倒れている。散開しているパラテンダーたちに抗戦する士気もないようで、かれらのほとんどはすぐに降伏した。

だが、あれはなんだ？

スプリンガー船の残骸から動物が群れをなして出てくる。マルゴルがこれまでまったく見たことがないような動物だ。地面と空中に棲む異種の動物である。鳥たちは塵で霞んでいる大気圏に飛びたち、地上に棲む動物たちは這いだし、ツォッターとパラテンダーに襲いかかっている。

マルゴルは身を背けた。

サイコドはどこだ？　ホトレノル＝タアクは？

ガイア・ミュータントはプシオン性触手をのばし、おのれのパラテンダーのまぎれもないプシ親近感に気づく。かれが望んでいたコンタクトをとるためには、触手を遠くまでのばさなければならなかった。

＊

「ボイト、わたしはきみを感じている」ホトレノル＝タアクがつぶやいた。かれの顔の上をさっと影が走り、隆起した唇とのコントラストがきわだつ。

テケナーは瞬時に状況を把握した。ちょうど洞穴にはいるところで地上車を急停止させる。唐突な運転のためにテツォールが前方に投げだされた。ホトレノル＝タアクのからだはシートから浮きあがり、額が操縦キャビンの装甲プラスト板に衝突。跳ねかえされながら、ゆっくりとこうべをめぐらしている。額にぱっくりと大きな傷口が開き、朦朧としているらしい。

「どうした……ボイトが……」ラール人は口ごもっている。

「すまない、ホトレノル」テケナーは申しわけなさそうにいって、パラライザーをラール人に向けた。「だがほかに方法がないんだ。われわれの協定をこんなにすぐに破棄するのは残念だ。もっといい結果を期待していたのだが」

「テケナー」ラール人が愕然としてつぶやいた。「どうしてだ？　わたしはボイトがここにいるのかと……」

「そうだ、ここにいる」テケナーははっきりと肯定して、「スプリンガー船の報告をおぼえているか？　ルコルは超弩級戦艦に攻撃されたといっていた。ボイト・マルゴルのしわざだ」

「ボイトか？　ボイトなのか！」ラール人はため息をついた。五感がふたたび研ぎすまされてくる。テケナーが自分に向けているパラライザーをじっと見ながら、「われわれ、停戦協定をむすんだのではなかったのか？　なぜ協定を破る、テク？」

「はっきり決めたじゃないか？」と、テケナーはいった。「われわれの協定は、具体的な目的を達成するためにむすばれた期限つきのものだ。マルゴルに対するきみの〝プシ親近感〟を優先することになったら、協定は自動的に破棄されると、自分でいったじゃないか。わたしはきみがさだめたルールにしたがっただけだ」

ラール人は無言で長いことかれを見ていた。自分に勝ち目があるかどうか考えていたのだろう。そしてきたえぬいたテラナーとはりあうことはできないという結論に到達せざるをえなかったにちがいない。ふたたびため息をつき、

「感服した、テク。状況の急変に機敏に反応したな」と、いった。「第一ラウンドはきみの勝ちだ。だが、よろこぶのはまだ早い。これからは一分として心やすらぐ時はないだろうよ」

「警告をありがとう」と、テケナーは皮肉っぽくうけながしながら、真剣に考えていた。ラール人はボイト・マルゴルの存在にわざと言及したのではあるまいか。それはありうることだ。なぜなら、ホトレノル＝タアクは、共同の研究作業でなんらかの成果をあげられると期待していたのだから。だが、マルゴルの出現で計画はだめになってしまった。プシ親近感はほかのすべてを支配するからだ。ホトレノル＝タアクはテケナーに対し、捕虜になってもマルゴルの意志にしたがわないようにと注意を喚起しているのかもしれない。

「きみは耐えられないだろう、テク」ラール人がいった。「いずれは弱点をさらし、それをわたしが利用することになる。そうすれば、きみのゲームは終わりだ」

「これはわれわれふたりのゲームだぞ、ホトレノル、それをお忘れなく」テケナーが応じた。「わたしは協定にもとづいて、われわれのためにゲームを続行する。いまではわたしのほうが有利ともいえる。マルゴルに対するきみの感情を考慮する必要がなくなったのでね」

「あきらめるんだ、テク」

「けっしてあきらめるものか！」

テケナーの勘違いかもしれないが、ラール人はかれの毅然たる態度を見てほっとしているようだ。だが、テケナーはけっしてだまされはしない。たとえホトレノル＝タアクがかれに共感をおぼえたとしても、マルゴルに盲従している事実に変わりはない。むずかしい局面がテケナーを待っている。

マルゴルの大波

エルンスト・ヴルチェク

1

「どうもよくわからんな」インペリウム＝アルファの執務室で、向かいにすわっているガイア・ミュータント三名に視線を走らせながら、ジュリアン・ティフラーがいった。最後に憂鬱そうな馬面《うまづら》のダン・ヴァピドをじっと見て、語調を強め、「どういうことだ、ダン？　わたしは捕まえたフィリバスターについて報告をもとめたのだが、きみはプロヴコンとマルゴルをめぐる問題を分析してよこした。なにを考えている？　もっと緊急性の高い問題があると、わたしに教えようとしたのか？」

「まあ、そんなところです」ダン・ヴァピドが表情を変えずに認めた。

ジュリアン・ティフラーはプシ分析者の説明を待っていたが、反応がない。ダン・ヴァピドがあまり冗舌でないのは知っているが、この状況ではもうすこしくわしく話してもよさそうなものだ。

「わたしが説明してもいいでしょうか？」ブラン・ホワッァーが割ってはいった。

身長は一メートル六十センチメートルちょっとしかないが、筋肉質でがっしりした体格のホワッァーは、三五二四年生まれ。三ガイア・ミュータントのなかでは最年長である。粗野な赤ら顔で、毛穴が目だつ肌とぶあつい唇に団子鼻が特徴的だ。ブラシのように短く刈りこんだブロンドの髪はあかぬけず、グレイがかったグリーンの眠たげな目がその印象をさらに強めている。だがかれの感覚はいつも研ぎすまされていた。精神をつねに集中し、感覚異常と紙一重《かみひとえ》ともいえる〝過去センサー〟という特殊能力は、いつでも使える状態にある。眠そうに見えるのは、あくまでも表面上だ。

ホワッァーより頭ひとつぶん大きなダン・ヴァピドは、骨ばった体格で、からだの動きがぎごちない。三十九歳だから世代も異なる。プシ分析者と〝天気人間〟という、一見矛盾する能力が、ヴァピドという人物をかたちづくっている。内向的で無口で、すべての対話を頭のなかで行ない、そのつど自分で答えを導きだす。その意見を聞きだすのは、そうかんたんではない。

三人めのエアウィ・テル・ゲダンは、ほがらかな心と美しい容姿の持ち主で、第一印象からしてほかのふたりとだいぶ違う。しかも二十歳にもなっていない若さだ。彼女は〝リレー〟と呼ばれていた。自分の精神を使って、ケーブルを経由していないあらゆる種類の通信を傍受し、分析できるからである。その驚くべき能力のなかでももっとも瞠《どう》目《もく》すべきは、ハイパーカム通信をたくみに〝受信〟できることだ。エアウィの気質は陽気そのもの。だが、ボイト・マルゴルの名前を聞くと、たちまち心を閉ざし、氷のように冷たい人間になってしまう。

ガイア・ミュータント三名は、個性的なトリオだった。全員が個人主義者で常軌を逸した面をもっているが、対照的な性格なのにおたがいに補いあい、息のあったすばらしいチームになっている。

物思いにふけっていたティフラーは、ブラン・ホワツァーがふたたび話しはじめたのでわれに返った。

「最後のフィリバスターらしき例の捕虜たちについて、なにかわからないかと努力しました。でも、かれらがまったく口をわらず、なにもヒントが得られないので、ダンはプシ分析ができなかったのです。わたしも、被験者の感情の振幅からは、かれらが捕まった時期に関する情報をひきだせませんでした。それにあなたの部下たちも、豊富な情報を提供してくれたとはいえません、首席テラナー。各フィリバスターにすくなくとも三体のコピイが存在することから、かれらは有機的に完全なドッペルゲンガーだと思われます。でもそれを調べるためだけなら、われわれでなくてもいいわけでして。存在するカイナ・シャッテン三名が異なる個性をもっているのはあなたもご存じでしょう。それぞれのカイナ・シャッテンが独自の性格をもち、ほかのフィリバスターの複製も同様です。われわれが捕虜たちについて調べあげた内容は、あなたのスペシャリストたちも承知している。それどころかもっとよく知っているのでは。われわれの能力をフィリバスターのために使うのはむだです。もっとほかに適切な活動の場があるのではないでしょうか。たとえばプロヴコン・ファウストとか」

ジュリアン・ティフラーは、ホワツァーの指摘を認めざるをえなかった。

「きみがプロヴコン・ファウストに着目したのは、ボイト・マルゴルが、カイナ・シャッテンとその仲間たちのドッペルゲンガーに一枚嚙んでいると思っているからだろう」と、首席テラナー。「だが、それは違う。マルゴルがまったく関係していないのは明らかだ」

「なぜそのような結論に、首席テラナー？」エアウィ・テル・ゲダンが質問した。

「わたしのもっとも有能な偵察員のセルン・ジョストが、フィリバスターたちのシュプールを追跡した。それで、かれらが未知タイプの宇宙船でやってきたとわかった」ティフラーはそう答え、ガイア・ミュータントたちに写真を見せた。

ブラン・ホワツァーがそれを手にとり、エアウィ・テル・ゲダンにちょっと見せてからダン・ヴァピドにわたした。ダンはじっと写真を見つめている。

ティフラーはつづけた。

「素人が撮影したものだ。画像の質はよくないが、われわれがこれまで見たことがない楔型《くさびがた》宇宙船なのは明らかだろう。知るかぎりでは、銀河系種族はこんな宇宙船を持っていないから、この銀河の外からきたと結論せざるをえない。つまりＵＦＯ以外にも、素性のわからないべつのタイプの未知飛行物体が存在するというわけだ」

「両者のあいだには、関係があるかもしれません」と、ダン・ヴァピド。

「わたしもそう思った」と、ジュリアン・ティフラー。「すぐれた分析力をもつきみの理性で、関連性が突きとめられればいいのだが、ダン」

「わたしの能力では、とても」プシ分析者が残念そうに答える。

「よかろう、最後のフィリバスターの件は忘れてくれ」と、ため息まじりにジュリアン・ティフラー。ルナのインポトロニクス、ネーサンもこの問題にとりくんでいるのだ。ネーサンは宇宙震現象にもとりくんでいる。

ブラン・ホワツァー、ダン・ヴァピド、エアウィ・テル・ゲダンは、こうして放免になり、ほかの任務にあたることになった。おそらく、かれらはふたたびボイト・マルゴルをマークするだろう。なにしろマルゴルと同じようにプロヴコン・ミュータントなのだから。系譜的には、三名はマルゴルと同一タイプのミュータントである。かれらのほうがポジティヴな進化をとげたのはたしかだが。

このひろい宇宙に、マルゴルを曲がりなりにも知っていて、その本質を見ぬける者がいるとしたら、それはこの三ガイア・ミュータントだろう。かれらはすでにプロヴコン

・ファウストでもマルゴルとかかわりがあり、その存在が知られるずっと前から戦ってきた。ダン・ヴァピドは、このおぞましいネガティヴ・ミュータントのサイコグラムを作成し、プシ分析によってかれの計画と意図を推測できると自負している。ヴァピドの分析により、マルゴルの現在の慎重な態度は嵐の前のしずけさで、ひと休みして力をためこんだら銀河で大暴れするだろうという結果が出たとしたら、たぶんそれはあたっているだろう。

マルゴルは、多数の奴隷戦士と百五十隻以上からなる巨大艦隊を自由に操れる。GAVÖKの銀河系種族を相手に、大規模な作戦行動を起こせるのだ。まったくべつの補助手段があるなら、なおさらである。まさにそのことを、ダン・ヴァピドの分析は物語っていた。つまり、マルゴルはこの銀河に対して挑みかかってくるだろうということ。

ところがヴァピドは、マルゴルの活動によってほかの恐怖も呼びさまされる可能性があると示唆《しさ》している。もっともその先は理性ではとらえられない。ヴァピドは名状しがたい脅威を呼びさました。人間の精神が把握できない領域からくる脅威である。だがかれはその懸念を〝予感〟としか説明できない。かれはある兆候を指摘し、それを三ミュータントはきちんと解きあかそうとしている。だが実例をあげることはできないのだ。

「ボイト・マルゴルの問題にとりくむとしよう」ジュリアン・ティフラーがふたたび口をきいた。「プロヴコン・ファウストでなにかが起きているのはたしかだ。抽象的でもいいから、状況を説明してくれないか、ダン。最後は破滅にいたる、というきみの結論についていけないのでね。いったいなにをいおうとしているのか、ダン？」

「ダンは説明できません」ブラン・ホワツァーがプシ分析者のかわりに答えた。「災《わざわ》いがくるというのは、たんなる予感にすぎないのです。どこからその予感がくるのかは、すでに検討しました。でも説明はつかず、プロヴコン・ファウストの状況が悪化の一途《いっと》だということしかわかりません。未知次元から警告が発せられ、われわれを事件の現場に呼んでいます。笑わないでください。まあ、笑ったとしても悪くとったりはしませんがね」

ティフラーは真剣な顔のままだ。とても笑う気分ではない。

「深刻な危険が迫っているというきみの予感を信じる」と、ティフラー。「もうすこしくわしく知りたいと思っただけだ。マルゴルについては、わたしもきみと同意見で疑問の余地はない。だが、かれがもたらす恐怖よりもっとひどい恐怖が呼びおこされるおそれもあるのではないか？　それを知りたくてね」

だが、ブラン・ホワツァーは答えられそうにない。そのかわりにエアウィ・テル・ゲダンがいった。

「あなたがわたしたちの警告をかえりみなかったとしても、プロヴコン・ファウストの状況を調査する理由は無数にあるわ。たとえば、テケナーとティロンがどうなったのか。

マルゴルがあなたに見せた写真にあった死体は細胞活性装置をつけていなかったけれど、装置はどうしたのかしら？　マルゴルが持っているのなら、かれはそれをひけらかすでしょう。でもそんな勝ちほこった態度をマルゴルはとっていなかったし」

ティフラーは拒絶するようなしぐさで、

「われわれはマルゴルとプロヴコン・ファウストのことを忘れていない。だがこれまで潜入させた諜報員たちからは、なにも知らせがなかった。きみたちが成功してくれることを願っているが」

突然、エアウィ・テル・ゲダンはそれにこたえるように満面の笑みを浮かべた。ティフラーは一瞬、彼女が自分に恋しているのかと思ったほどだ。だが残念ながら、そういうことではないらしい。

「きみたちの作戦のために宇宙船を用意させよう」と、ティフラー。「だがどうやってプロヴコン・ファウストに行きつくかは、きみたちの問題だ。マルゴルはすでに数日前にすべての真空案内人をひきあげさせ、暗黒星雲の防御をかためている」

「われわれにおまかせください」と、ブラン・ホワツァー。ティフラーはホワツァーの自信がどこからくるのか、いぶかしんでいる。

過去センサーはうやうやしく首席テラナーと握手した。ダン・ヴァピドは無表情な顔で、ホワツァーにならう。エアウィだけは、ティフラーの握手に笑顔でこたえた。

ひとりになってからジュリアン・ティフラーはガイア・ミュータントについて考えた。これまでかれらを充分に理解できたことがあっただろうか。三名はふつうのものさしで測れないだけではなく、これまでティフラーが知っていたどんなミュータントとも違っている。

かれらはなにかかくしている。ティフラーは漠然と感じたもの。ダン・ヴァピドのような男は、謎めいた物言いで人を煙に巻いたりはしないはず。だがかれの関心はすぐにほかにうつってしまった。銀河のイーストサイドで宇宙震が発生したという通知がとどき、異種族心理学者フェレンゴル・タティ教授が、辺境惑星でフィリバスターのジョストー・テン・ヘミングズとマルコン・トレフナーのコピイをさらに二名捕まえたと知らせてきたからである。

首席テラナーがとりくまなければならない問題は、山のようにあるのだ。

＊

「プロヴコン・ファウストから呼びだしがあったと、ティフラーにはっきりいうべきではなかったかしら」エアウィ・テル・ゲダンがいった。

「いや」ブラン・ホワツァーがきっぱりと否定する。「だれが呼んだのかときかれたら、どう答える？　われわれだってわからないのだからね、エアウィ。そういう〝感じ〟がするだけじゃないか。それではティフラーを混乱させるだけさ。われわれだってそうなんだから」

たしかにそうだ。エアウィは、ボイト・マルゴル本人がプシ・メッセージを送ってきたのかどうか思案しているところだった。かれらを罠におびきよせ、排除するつもりかもしれない。

ダンは非常に明快な分析を出したが、そのさいにもティフラーに秘密はもらさなかった。かれは、〝非常に特殊な条件〟のもとでのみ、三人がマルゴルを無害化できるだろう、と結論づけたのだから。

かれらは星間物質カバーの外縁部を《アルハンブラ》で飛行していた。艦長のコデン・ゴンツは、かれらをこの付近で降ろしてから、ムトグマン・スセルプと会うためにさらに飛行をつづけるという任務を負っている。コデン・ゴンツは、三人を小型搭載艇で艦外に出す準備をととのえていたが、まだすこし時間があったので、偵察飛行をしようとした。

暗黒星雲の状況は、数日前から変わっていない。プロヴコン・ファウストにはいろうとしている冒険家たちを乗せた宇宙船数隻が、いまだに待機している。だが、かれらの大部分は、落胆してひきあげていった。GAVÖKパトロール隊は、どんなにちいさな変化でもすぐに報告できるように、暗黒星雲を監視している。だが星間物質カバーはまったく動きを見せない。ハイパーエネルギー・フィールドが探知のじゃまをしているので、プロヴコン・ファウストでなにが起きているのか、だれにもわからなかった。

わかっているのは、ボイト・マルゴルが百五十隻以上の宇宙船をほしいままにできるということ。いつかこの巨大艦隊が星間物質カバーから突然姿を見せ、この銀河でマルゴルの意志を実現するだろう。

それだけは阻止しなければ、とエアウィ・テル・ゲダンは考えた。だからわたしたちはここにいる。だが、プロヴコン・ファウストに到達する可能性が見えないまま、時間だけがすぎていく。

と、サイレンが鳴りだした。

「探知！」司令室にいる男たちは、おのれの持ち場に急ぐ。

全周スクリーンには、ハイパーエネルギー性乱流と宇宙物質で構成されている星間物質カバーが急激に動いているさまがうつしだされている。この大渦巻に突如として数十の点があらわれた。

「宇宙船だ！　五十隻、いやそれ以上……正確には八十隻かもしれない。しかも大きさと構造がばらばらだ」

それを聞き、エアウィは全身が震えた。マルゴルの艦隊だ。かれにこれまで銀河系の諸種族を攻撃するような兆候はあっただろうか？

だれかが彼女の二の腕に触れて、揺さぶった。ブランだ。

「エアウィ、しっかりしろ」と、どなっている。それから声をおとして、「コデン・ゴンツはパラテンダー船のコード化された通信を解読できないんだ。きみの助けが必要だ、エアウィ」

「わかったわ、ブラン」彼女は答えた。「自分がすべきことはわかっているつもりよ」

過去センサーは彼女をつかんでいた手をはなした。その瞬間、全周スクリーンで光が走る。まるで恒星が爆発したように、《アルハンブラ》をとりまく宙域全体が光につつまれた。宇宙艦がはげしく振動し、エアウィは立っていられないほど。

「パラテンダーが攻撃してきた。撤退しなければ」

星間物質カバーが急に後退したように見え、プロヴコン・ファウストが球型の霧状構造体となってスクリーンを埋めている。パラテンダー船八十隻からなる艦隊は、まだハイパーエネルギー的に検知されるにすぎない。エアウィは《アルハンブラ》が短いリニア段階をへて危険宙域から脱したのを知った。だが、その直後に直径千五百メートルの宇宙艦は、ふたたび暗黒星雲に接近。それでも、パラテンダー船の射程圏内からは脱した。

エアウィはあらゆる周波帯域をキャッチできる彼女の脳セクターを使って、はいってくるハイパーカム交信を記憶した。五十万キロメートルの範囲に散開しているパラテンダー船からのものである。通信にふくまれているデータを要約し、これを圧縮して転送するのだ。

「先遣部隊みたいね」彼女は目を閉じたままいった。「同数の宇宙船が、星間物質カバーの内部に待機して呼びだしがかかるのを待っているわ。ボイト・マルゴルは全体で百六十七隻の戦艦からなる艦隊をほしいままにできるということ。本人は、まだ暗黒星雲のなかよ。先遣部隊の指揮権を握っているのは、ラール人プロヴコナーのロクティン＝パル。かれは八十隻とともに待機ポジションにはいるつもりよ。艦隊ののこり半分は、状況を偵察したのち合流するらしいわ……」

エアウィは力を回復するためにいったん休憩。だが、すべてひとつの周波で行なわれていた交信に急に妨害ファクターがあらわれ、彼女を混乱させた。未知の信号がさまざまな通信にまぎれこんでいる。エアウィはそれを見おとさず、解読した。

「ロクティン＝パルは、パラテンダーたちがこれ以上《アルハンブラ》にかまわないようにと命令したわ」エアウィはそういいながらも、未知インパルスとまだ格闘している。

「……かれはわたしたちを脅威とは思っていない……〝ロナルド・テケナーとジェニファー・ティロンは生きている！〟かれらはツォッターたちと同盟をむすび、ツォッタートラクトで古い文明の秘密を徹底的に調べようとしている。そこに糸口があると考えているのよ……この知らせはLFTコードで送られているわ。送信者は、パラテンダー船とは反対の方向にいる！」

エアウィは目眩《めまい》に襲われた。からだに強烈な攻撃をうけ、精神の集中を奪われたのである。視界がはっきりしてきた。前にブランが立っている。緊張した顔だ。

「なんていった、エアウィ？」かれが質問する。「テケナーと妻が生きていると、ほんとうに傍受したんだね？」

「ええ、わたしは……」

「わかったぞ！」コデン・ゴンツが大きな声を出した。「われわれは通信をうけとり、送信機も探知した。ほんとうにわれわれの周波にあてたものだった。メッセージはロナルド・テケナー本人が出したらしい。テケナーが送りだした使者は、ドオムヴァルという名のテクヘター。発信されたスペース＝ジェットもわかっている」

ブラン・ホワツァーはほっとしたようにほほえみ、エアウィを軽く抱きよせた。彼女は事態をきちんと理解するには疲れすぎているようす。だが彼女は通信シグナルをすでに傍受していたので、ロナルド・テケナーが使者を出したのを知っていた。

「ボイト・マルゴルの罠かもしれない」コデン・ゴンツが心配そうにいった。「危険だから、そのスペース＝ジェットは収容したくないが」

「その必要はない」ブラン・ホワツァーが応じた。「スペース＝ジェットをドッキングさせ、われわれが乗りうつれるようにしてほしい。そうすればあなたはわれわれから解放され、GAVÖKの任務に専念できる」

「くれぐれも慎重に」コデン・ゴンツが忠告した。「あなたたちがスペース＝ジェットにはいり、すべて順調だと報告してくるまでわれわれは待っている。とくにわたしが確認したいのは、ロナルド・テケナーとジェニファー・ティロンに関する知らせがほんとうかどうかだ」

スペース＝ジェットがドッキングすると、ブラン・ホワツァー、ダン・ヴァピド、エアウィ・テル・ゲダンは《アルハンブラ》の人員用エアロックにおもむいた。エアロックが開き、三人はエネルギー・チューブを通ってスペース＝ジェットの出入口へ。

テクヘターは司令ドームでかれらを待っていた。表情を変えずにうなずき、なにもいわない。

ブラン・ホワツァーは自分と同行者を紹介してからいった。

「わたしはミュータントで、あなたの感覚振動から、最近十二時間に経験したことがわかる。つまり、真実をいっているかどうかがわかるのさ。このテストをうける準備はあるかい、ドオムヴァル？」

「もちろんさ」と、テクヘターは答えた。「あなたがほんもののブラン・ホワツァーなら、わたしでためしてみるがいい。テクから話を聞いているから、おおかたのことはわかっている」

「それなら話はかんたんだ」ブラン・ホワツァーはそういって、テクヘターの感覚振動に意識を集中。ふつうのテレパスなら、ドオムヴァルの思考を読めなかっただろう。ヴィンクラン人テクヘターは、テレパスのインパルスに対して、防御本能をもっているからだ。だがホワツァーは過去センサー、〝体験再現者〟である。かれはつぶやいた。

「なにも特別なことを考えなくていいんだ、ドオムヴァル。わたしは知る価値のあるもののすべてを、あなたの記憶からひきだせるのだから……」

ブランは声をつぶやくようにちいさくして、ドオムヴァルの感覚振動からうけた印象を述べた。

「あなたは、テクとジェニー、それにツォッター三十名といっしょにテクヘロンを出発した。人員構成は、ツォッターの女と男と転換者がほぼ同数。テツォールもそこにいて、かれの王のサイコドはいわば通行許可証のようなものだ。あなたはテクとジェニーを、ツォッター集団とシフト二両とともにツォッタートラクトに降ろし、LFTに実情を知らせるために暗黒星雲から出た。あなたが送信した通信文を作成したのはテクだな。かれは援軍を送ってもらえればありがたいともいっている……そのときにわれわれ三名のことも想定してくれたのは、光栄だ。ただ……」ブランはそこで目をあげ、ドオムヴァルの目をじっと見て、「わたしがわからないのは、われわれが〝肉体のない者の力〟から特別な使命をうけているというのは、どういうことだ？」

エアウィ・テル・ゲダンはこの言葉を聞き、衝撃をうけた。三名全員が感じた〝予感〟について考えざるをえない。まるで意識集合体の招聘《しょうへい》をうけ、プロヴコン・ファウストに呼びよせられているようだ。

「わたしの感覚振動はそのことを示唆していないのか？」ドオムヴァルがたずねた。

「たぶん、わたし自身、状況をきちんと理解していないからだろう。わたしが知っているのは、ボイト・マルゴルはプロヴコン・ファウストを救うため、パラプラズマ球体の肉体のない者から選ばれたということだけ。それと、きみたち三名がかれと対極のポジティヴ・ミュータントだということもね。だが、それ以上の知識が必要なのか？」

エアウィは、ぼうっとしてかぶりを振っている。彼女は魂がぬけてしまったように虚空を凝視しているダンを見た。ブランに目を転じると、やはり強い不審の念が表情にあらわれている。

「どうやらわれわれ、見すごしていたことがあるようだ」抑揚のない声でブランがいった。

「なにかわたしがまちがったことをいったか？」テクヘターはびっくりしている。

ブランはかれの肩に手を置き、

「あなたのせいではない、ドオムヴァル」と、いった。「おのれの使命にもっと早くに気づかなかったのは、われわれ自身のせいだ。だんだんにわかってきたぞ。だが、目的のためのたんなる手段になるわけにはいかない。それじゃだめだ！　ダンに分析してもらう必要があるな。コデン・ゴンツに大丈夫だと伝え、すぐにツォッタートラクトに飛行しよう」

「機内にパラテンダー三名がいるのだが」と、ドオムヴァル。

「コデン・ゴンツがひきうけて、面倒をみてくれるさ」

2

ジェニファー・ティロンは、ひろい洞穴の反重力フィールドを移動中のシフトに急ブレーキをかけなければならなかった。ヘッドライトがちいさな数名の人影を照らしだしたからである。近づくにつれ、それがツォッターの女たちだとわかった。一列になり、彼女に方向を教えてくれるように左をさししめしている。

「指示にしたがうのよ」アールツァバの発端者《ほったんしゃ》のなかでただひとり、ジェニーのシフトにいるエテアラが忠告した。

ロナルド・テケナーと別れたジェニーに同行したのは、アールツァバの実験グループに属するツォッターの女五名のみだった。だが、先ツォッターの洞穴の迷宮にはいったあと、ほかの女たちはシフトを出た。女性居住地のメンバーにジェニーがきたと伝えるためである。そのおかげでアニマ居住地の女たちが指示を出しているのだろう。

ジェニーはシフトを左方向に旋回させ、大きな岩室にはいった。ヘッドライトが周囲の岩壁を照らしだす。

「これはどういうこと?」ジェニーが不安そうにいった。「この岩室には出口がないわ」

「ここが終点よ」と、エテアラ。「飛翔車輛はこの車庫に置いていくしかないわ。アニマ居住地の女たちが、責任をもって保管してくれるから」

ジェニーは、マルゴルの城に向かっているテクと交信しようともう一度こころみた。テクはそこにあるサイコドを手にいれようとしている。だが、どの周波帯も反応がなくしずまりかえっていた。岩壁が障害になっているのである。ジェニーはため息をつきながら計器盤の主スイッチを切り、エテアラにつづいてキャノピーから出た。万一のために呼吸装置、投光器、多目的アームバンド、武器二丁を持つ。武器は小型ブラスターとパラライザーだ。

彼女が岩室にはいったとき、すでにツォッターの女たちは作業にかかっていた。多孔質で軽そうな岩を出入口に積みあげ、モルタルのようなどろりとした材料で塗りかためている。

「なぜシフトを壁でかこおうとしているのかしら?」と、エテアラにたずねた。

「カムフラージュよ」と、ツォッター。「念には念をいれないとね」

ジェニーはもう一度シフトにもどり、遠くからでも飛翔戦車を探知できるように探知送信機のスイッチをいれた。それからエテアラとともに岩室を出る。

そこでふたりはアールツァバの発端者のひとりに出くわした。偵察のために送りこまれた女である。彼女はアイテリという名で、いまにも子供が生まれそうなお腹をしている。アイテリがまばゆい光を浴びて角質の瞼《まぶた》を閉じたので、ジェニーは投光器の光を絞った。

「なにかわかった、アイテリ？」と、ジェニー。

「居住地には変化があったようで」ツォッターはためらいがちに答えた。「サイコドや、祖先のレアンダーを知らない女がほとんどだったわ。でも、事情に通じていて、ウェイテルのところに案内してくれる女が見つかったの。アニマ居住地のリーダーで、とても強そうな女だけれど」彼女は大きなお腹を両手でかばうようにしながら、短い脚で歩いている。「急いで」と、歩きながら振りかえった。「わたしのなかの生命が外に出たがっているわ。もうあまり時間がない……」

エテアラはちょこちょこと早足で彼女につづいていく。ジェニーはふたりに追いつこうと必死である。

一同はせまい岩の隙間にはいり、抑えつけたうめき声やすすり泣きが聞こえる丸天井の空間を横ぎった。投光器の光でそのひとつを照らしだしたジェニーは、壁でふさがれた岩のアルコーヴが並んでいるのを見た。どれもちいさな裂け目がある。うめき声はこの地下牢から聞こえているのだろうか？

ついにエテアラとアイテリは方向を変え、丸天井の空間のひとつにはいった。ちょうどツォッターの女ふたりが洞穴の壁を閉じようとしているところだ。三人めの女が身ぶり手ぶりでジェニーのところに近づき、下手《へた》なインターコスモで叫んだ。「光を消して！　暗くするのよ！」

ジェニーは自分の前に立っているツォッターの女が文句をいわなくなるまで、光を絞った。

「こちらはシャウダ」アイテリが紹介する。「あなたたちをウェイテルのところにつれていってくれるわ」

「それであなたはどうするの、アイテリ？」ジェニーは、すでに半分ほどふさがれている洞穴に向かっている彼女に質問した。だが、アイテリは答えなかった。振りかえりもせず、急いで歩きながら手を振って拒絶のしぐさをするばかり。こうしてツォッターの女は洞穴のなかに消え、〝左官〟担当の女ふたりが彼女につづいた。

「わからないの、ジェニー？」エテアラはそういって、意味深長な目をした。

「しゃべらないで！」シャウダが命じる。「ウェイテルが答えてくれるわ」

だがジェニーは理解していた。ぞっとしながら、ヴィルナ・マルロイがここのどこかでボイト・マルゴルを産んだのだと考える。ツォッターの奇異な習慣をよく知らないガイア人の彼女にとって、壁でとりかこまれた洞穴の闇のなかでたったひとり分娩するのは、おそろしい体験だっただろう。

哀れな彼女は多くの苦労を耐えしのばなければならなかった！　だが、ボイト・マルゴルがガイアに帰郷してから彼女にしたことくらべれば、この迷宮洞穴での体験はまだましだったのかもしれない。ツォッターの女たちにとって、この山に身をかくし、ふたたび男にもどってからまた外の世界に出るのはごくあたりまえのことなのだろう。ツォッターが、感覚が鈍くなる〝男段階〟のときだけ公に姿をあらわすのは、大昔からの伝統だった。

ジェニーはだんだんわかってきたもの。現代のツォッターの女のうち、この行動の意味を知っている者はごく少数だ。かつてツォッターの女たちは祖先の洞穴にこもり、そこでレアンダーの精神的遺産であるサイコドの実験をしたのである。かれらのように肉体喪失の状態になって、星間物質カバーのパラプラズマ球体にいるかれらの後継者になるためだ。

だが数十万年は長い。しかも男段階になると精神的に堕落するために、肉体のない存在形態となり祖先を追うというツォッターたちの努力は、くりかえし後退を余儀なくされた。精神が上昇する時期の次には、かならず妄信的な迷いの時期がくるのだから。

まだ百年もたっていないアールツァバの時代に、ツォッターの女たちはあらたな興隆期を迎えた。だがアールツァバと彼女の発端者たちは、王のサイコドに眠っていた力により、テクヘターのラキクラスの遺跡へ行ってしまった。ツォッターの女たちは喪失感に悩み、もとの状態に逆もどりして苦しんでいるらしい。

ジェニーは、洞穴で出会ったすべての女たちが跡継ぎをつくることだけに没頭している印象をうけた。アイテリ自身、アニマ居住地のほとんどの住民は、サイコドの意味がわかっていないといっている。

ジェニーはあちこちで、ちいさなツォッターの世話と教育に従事している女たちを見た。塗りこめられたアルコーヴのある丸天井の空間にも何回も遭遇。そこからは母となる女たちの悲鳴が聞こえてくる。あるときはかれらに転換者たちの一群が近づいてきた。性別変遷期にはいっているツォッターたちは、ツォッターの女を追いたてている。洞穴に行くように女に指示をしているのだろう。

そのあとでジェニーたちはもっとしずかな洞穴地帯に足を踏みいれた。しばらくのあいだだれにも会わなかったが、やがてツォッターの女二名が見張りに立っているまっすぐなトンネルに行きついた。ふたりはめずらしいシンボルを刺繡した緋色の修道服を身につけている。頭全体と顔を頭巾ですっぽりおおい、鼻の上あたりで紐で縛っているので、見えるのは角質の瞼がある両目だけだ。彼女たちは音のない号令にしたがうように、フェンシングの突きの姿勢で中央に片足を突きだし、通廊を遮断。シャウダが合図をすると、ようやく道をあけた。

「ここは至聖所よ」シャウダが畏敬の念をこめていって、「汚れをはらって、ガウンを着なさい」

彼女は一行をちいさな部屋に通じる側廊に導いた。そこにはふたりの見張りが身につけていたようなガウンが、壁ぞいに二列さがっている。シャウダはいちばん丈が長い修道服を選び、ジェニーに向かって投げた。自分とエテアラにも、ぴったりのサイズの修道服をフックからとる。

身につけてみると、ジェニーの服は膝のすぐ下までしかとどかない。シャウダはむきだしになっているブーツをとがめるように一瞥《いちべつ》したが、なにもいわなかった。

「そんなに厳格なしきたりがあるなんて、テクとテツォールが苦労しなければいいけれど」と、ジェニーは心配する。

「かれらが不可欠な存在だということをウェイテルにわからせるのは、わたしたちの腕ひとつよ」と、エテアラ。「それにかれらはなにも持たずにはこないと思うわ。サイコドの臨在感はウェイテルも認めざるをえないでしょうから」

「そうだといいのだけれど」と、ジェニーはいったが、じつはあまり納得したわけではなかった。いやな予感がして、それは〝至聖所〟に近づくほど強まってきた。

＊

一同はまっすぐなトンネルにはもどらず、ほかの出口を使って更衣室を出た。シャウダは縦横に走る曲がり角の多い通廊を通っていく。道はいったん登り坂になったが、また下りになった。ジェニーはぐるぐる円を描いて歩いているような気がした。

半時間後、ついにがまんできなくなって彼女はシャウダに説明をもとめた。

「どこにつれていくつもりなの？」

「ウェイテルのところよ」と、ツォッターの女は答え、「高位神官ウェイテルが待っているわ」

「高位神官？」ジェニーはいぶかしんで、「そこに行く近道はないの？」

シャウダは大きな頭を振りながら、

「こうして歩くのは贖罪の儀式なのよ」

「まあ」エテアラは狼狽《ろうばい》している。「迷妄の暗黒期にはいったみたいね」彼女はシャウダを見て質問した。「サイコドの研究はまだしているの？　レアンダーたちがどれほどの遺産をのこしてくれたか、わかっているでしょう？」

シャウダは獰猛《どうもう》な声を出し、修道服をさっとめくった。その下から金属製の光る棒があらわれ、彼女は威嚇するようにそれをエテアラに向かってかまえている。

「冒瀆《ぼうとく》行為はやめなさい」と、シャウダ。「サイコドが目をさますわ。わたしたちはこのサイコドを尊敬し、信心しているのよ。それを疑ったりしたら罰がくだる！」

「そんなに興奮しないで、シャウダ」ジェニーがなだめるようにいった。ツォッターの女が持っている棒をよく観察するために接近する。だが、細部がわかる前にシャウダはまた棒を修道服の下にかくしてしまった。ジェニーはつづけて、「あなたたちの信心を疑ったりしていないわ。サイコドの実験をつづけていると教えてもらったから、それで充分。サイコドをいくつ持っているのかは知りたいけれど」

「ウェイテルが答えるわ」シャウダはそれだけいって、ふたたび動きだした。

「あなたたちのリーダーのところに行くのに、あとどのくらいかかるの？」エテアラがたずねたが、答えはなかった。そこでジェニーのほうを向いて小声でいった。「テツォールは盲信の横行をやめさせるのに苦労するでしょうね。たぶんこの〝女ども〟はかれを神みたいに崇拝し、サイコドの研究は奇蹟の力があると考えるでしょう。でもそれよりも肝心なのは、彼女たちを味方につけることよ！」

ついに一行は複雑な構造の通廊をあとにし、石の壁でかこまれたホールについた。壁には、修道服にあるのと似たようなしるしやシンボルが描かれている。丸天井から蛍光を発する明かりが弱々しく射し、周囲を影のない状態に照らしだしている。ジェニーは投光器のスイッチを切った。たぶんキノコの蛍光物質が光源になっているのだろう。向かい側の通廊の天井もこの弱々しい光で照らしだされている。

「待って！」シャウダが命令し、通廊に消えた。

シャウダの足音がしだいに遠のいていくあいだ、エテアラがいった。

「わたしたち、斥候の女たちが予告していたみたいに変わった歓待をうけるのかしらね。アイテリがいたら、もっとうまく段取りしたかもしれないけれど……シャウダはたぶん斥候のひとりを案内人にするはずよ。そろそろ説明があってもいいころだわ。彼女たちは、ウェイテルをテツォールやサイコドよりも力があると考えているはずよ」

ジェニーがそれに答える前に、シャウダがもどってきた。同じようなガウンをまとったツォッターの女三名をつれている。彼女たちもさまざまなかたちの金属製の物体を手に持っていた。機械の構成部品だろうか。それをジェニーとエテアラの前にかかげて、悪霊を払いのけるようなしぐさをしている。

「いっしょにきて！」シャウダが命じる。「神官たちよ。彼女たちがウェイテルのところに案内してくれるから」

ツォッターの女三名はふたりを真ん中にはさみ、ひとりは前を、ほかのふたりは左右をかためた。例の機械部品を聖遺物のように持っている。

「ばかばかしい」と、エテアラ。「改革が必要ね」

近衛兵のようにつきそっている神官三名は、まったく反応をしめさない。インターコスモがわからないのでは、とジェニーが疑うほどだ。

どの通廊も石の壁でかこまれ、天井の光るキノコが周囲を照らす。三百メートルほど進んで、低い天井の大きなホールに到着。

ホールの突きあたりの壁に魔法のシンボルが描かれていて、その前にツォッターの女がひとり立っていた。彼女の後方には左右の壁に薄暗い開口部がある。近づくにつれ、ジェニーはそこでなにか動いているのに気づいた。通廊にはきっと見張りがかくれていて、高位神官の生命を守っているのだろう。

「あなたがアニマ居住地のリーダーのウェイテル？」ツォッターの女に近づきながらエテアラが大声でいった。その神官の修道服は、金色の刺繍がほどこされているのが、ほかの者たちと違う。

「わたしは高位神官にして、まことの信仰の監視者です」ウェイテルはくせのないインターコスモでおごそかにいった。「ようこそ……サイコドの力があなたたちとともにあらんことを！　遠くからきてくれたのは、わたしに重要な知らせがあるからでしょう？」

「アイテリやほかの使者たちが、だいたい説明したと思うけれど」と、エテアラはいって、畳みかけるようにきいた。「彼女たちはどこにいるの？」

「アイテリは母親居住地にいるはず」と、ウェイテル。

「それは知っているわ。でもほかの三人は？」

「彼女たちは浄化中よ」ウェイテルが答えた。「でも、まずはもっと重要なことからかたづけないと。この居住地に新しい変化があったのは知ってのとおりよ。いいつたえで、昔アールツァバと彼女の弟子たちになにが起こったかはわかっているわ。わたしは、当時はまだ生まれていなかったし、この居住地にもきたばかりなの。ここにきた当時の状態はとても説明しきれないほどで、混乱そのもの。前任者は寛大すぎて、あらゆる迷信の流入に目をつぶっていたので、住人たちは真の信仰の道からはずれ、偶像を崇拝するようになっていたわ」

「どんな偶像を？」エテアラが質問した。

「名前までは知らないし、おぼえたくもないわ」ウェイテルが乱暴にいった。「誤った神々をできるだけ早く忘れることのほうが重要よ。これはわが種族の歴史における暗黒の一章なのだから。前任者は、女たちが偶像の絵を調達し、それを神の力の一部としてあがめるのを黙認していた。前任者を失脚させるだけの力をつけたとき、わたしは迷信を容赦なく排除したわ。居住山地から偶像の絵を集め、見せしめのために壁にはめこんだの。性転換したり、逃亡したりできなかった偶像の崇拝者たちは、完全に考えをあらため、いまでは唯一の大きなサイコドの奉仕者になっているわ」

「つまりあなたはサイコドをたったひとつ持っていて、ほかのサイコドは運びだしたということね、ウェイテル？」ジェニーがたずねた。

高位神官はこの質問を無視して、エテアラのほうを向き、

「ずうずうしくツォッターの女みたいにふるまっている、この〝雑種〟はだれ？」と、いっている。

「ジェニファー・ティロンよ。女性で、選ばれし者のひとりよ」エテアラは答えた。「王のサイコドをつくったテッツォールすら彼女を信頼していたわ。ジェニーと彼女の夫は、肉体のない存在になったわたしたちの祖先がおのれの使命をはたすのを助けたいと思っているの」

「なるほど」と、ウェイテルはいったが、ジェニーは彼女がよくわかっていないような気がした。「わかったわ。あなたが先によこした三名の女たちは、テッツォールという名の王の従者だと説明していた。わたしがいまだにそれを疑っているのはわかるでしょ、エテアラ。しかもテッツォールは男だという話だけど、その本性はかれが〝力のサイコド〟の前に立てばわかるわ」

「そんなサイコドの話はこれまで聞いたことがないわ」エテアラが告白した。「テッツォールは話していなかったから。でも、このサイコドが名前にふさわしいものなら、おのずとわかるでしょう」

「この惑星で真の神の代理をつとめるサイコドよ」ウェイテルは説明した。「ほかのすべてのサイコドは偽物かもしれないわ。そのテッツォールとやらが〝力のサイコド〟を創造したと証明できるのなら、かれをわたしたちの王として認めましょう」

「この女、なにを勘違いしているのかしら」エテアラがジェニーにささやいた。「どうする、ジェニー? 話をつづけるか、それともこんなばかな話は切りあげて、テツォールがきたときのための準備をする?」

「ウェイテルは真実を知ったら耐えられないと思うわ」ジェニーも小声でいった。「テツォールとテクがマルゴルの倉庫のサイコドを持ってきて合流するまで、なにもいわずにいましょう。その〝力のサイコド〟にも興味があるし」

「〝力のサイコド〟を見てもいいかしら、ウェイテル?」エテアラがたずねた。

「そっちから申しでてくれるのは好都合だわ」と、ウェイテル。「そうでなくても、あなたの信仰をためさなければならなかったから。この人間はどうするの?」

「ジェニーもつれていきたいわ」と、エテアラ。

「反対はしないけれど」ウェイテルはいった。「でもこの女が試験に合格するかどうかは疑わしいわ。われわれの種族ではないから」

「わたしはすべてのサイコドの臨在感に耐えられるわ」テツォールとアールツァバの発端者たちからもらった超心理性免疫力のことを思いだして、ジェニーはいった。

「じゃあ、ついてきて!」高位神官は踵《きびす》を返し、ふたつある暗い出入口のうち、左側のほうにはいっていく。

「びっくりするようなことがあっても冷静にね」ジェニーは同行者にささやいた。「なにが起きても、サイコドが到着するまでは自分たちの役割を演じつづけなければならないのを忘れないで」

「わかっているわ」エテアラはいった。

ウェイテルはふたりを先導して暗い通廊を歩いている。通廊の両側にはツォッターの女が立ち、役にたちそうもない例の機械部品を、まるで神の道具をあつかうようにだいじそうに持っていた。ジェニーが一度自分の投光器を点灯すると、ツォッターの女たちは悪霊をはらうようにいっせいに棒をその方向に向けた。

ウェイテルはこのハプニングに気づかなかったように、動じることなく前に進む。通廊に配置されていたツォッターの女たちもかれらの列にくわわった。

高位神官は蛍光キノコに照らしだされたドームに着いた。ドームの大きさを見積もるのはむずかしい。なかに巨大な構造物があり、縦十メートル、横二十メートルほどの平面がふさがっていたからである。

「これが〝力のサイコド〟よ！」ウェイテルはおごそかに述べ、その技術モンスターをさししめした。ジェニーはアームバンドを一瞥して、それが作動中で強力なハイパー放射を出しているのを確認。

奇妙な機械を近くから検証したいと思っていたそのとき、エテアラが急に狂ったように叫びはじめたではないか。だが彼女がいった言葉は理性的だった。

「宇宙の技術屋、ペトロニアーの機械だわ！」それからふたたび声が裏返り、彼女は転換者になってしまったのである。ウェイテルと彼女の神官たちがサイコドと考えていた巨大機械を見て、エテアラは驚愕のあまり、ただちに性が変化してしまったということ。

ジェニーは突然ひとりになった。ウェイテルは決心をもとめるように彼女を見て、

「あなたは〝力のサイコド〟のしもべになれるの、人間さん？」

「このサイコドの力を認めるわ」ジェニーはかすれた声でいった。

彼女はテクとテツォールが早くほんもののサイコドを持って到着するようにと、そればかり願っていたのである。待っているあいだに、宇宙の技術屋たちが先ツォッターを傭兵にしようとしていた時代の遺物らしいこの奇妙な機械がなにを意味しているのか、わかるかもしれない。

3

「あきらめろ、テク」ホトレノル＝タアクは地上車ののぞき窓から前をじっと見ながら、冷静にいいはなった。ヘッドライトはかれらの前にある洞穴を奥深くまで照らしだし、その光が岩壁で反射している。ラール人は雑談するようにしゃべりつづけた。「ボイトがツォッタートラクトにいるいま、きみはもう用なしだ。なにを期待している？ ツォッターたちは助けてくれんぞ。ボイトはその気になればきみをこの惑星の中心まで追いつめるだろう。超弩級戦艦に乗っているから、この居住山地全体を溶かせるのさ。テク、われわれが積んでいるサイコド十二個はきみの役にはたたない。きみの珍妙な友テツォールがなにを約束しようとね。このサイコドはマルゴルによってプシオン充填されている。ここから出ているのはかれの意志だ！」

「わたしには免疫があるのでね」地上車を運転しているロナルド・テケナーがいった。ラール人が暴力をふるってきたときのために、すぐにとりだせるようにベルトにパラライザーをさしている。かれとマルゴルのあいだを支配するプシ親近感によって、ガイア

・ミュータントたちがツォッタートラクトにいると感じてから、かれは別人のようになっていた。
最初はそれなりに順調だったもの。テケナーはラール人との協定が期限つきだとわかっていたが、まさかこんなに早く終わるとは思っていなかった。すくなくとも、この洞穴迷宮のどこかにあるツォッターの女性居住地にサイコドを持ちこめるだろうと、希望をつないでいたのである。ジェニーはとうにそこにいて、ツォッターの女たちに準備をさせているだろう。

テケナーは、ホトレノル＝タアクにもだんだんにこの計画をうちあけ、星間物質カバーに消え、サイコドのなかに永遠化されている先ツォッターたちが、ボイト・マルゴルにどのような使命をあたえたかについてすら、話そうとしていた。だが、それはもうだめになったのである。ホトレノル＝タアクは、テケナーになにを期待しているかはっきりいった。マルゴルが近くにいるために、ラール人の依存性はふたたび強くなり、テケナーをうちのめして自分の主人にひきわたさずにはいられないのだろう。

「サイコドはもうわれわれには役にたたなくなったのか、テツォール？」テケナーは前方から目をはなさずに、うしろにいるテツォールにいった。

「そんなことはない」と、先ツォッターのパラプラズマ具象であるシントが答える。テツォールはすでに何回か衰弱症状を見せていた。このままだといつ非実体化してもおかしくない。だが、シントの助けがなければ、テケナーはお手上げだ。テツォールはつづけた。「サイコド内部では、肉体のない存在となったわたしの仲間たちの臨在感がいまだに優勢だ。未知プシオン・インパルスを減退させるのは、それほどむずかしくはないだろう。これまでそういうチャンスはなかったがね」

「すぐにチャンスがくるさ」と、テケナーは約束した。「女性居住地にまもなく着くだろうから」

運転キャビンの後部座席とのあいだに立っているテツォールは、ちいさな声を出した。その言葉を信じていないらしい。ホトレノル＝タアクが振りかえって、かれにいった。

「ボイト・マルゴルはきみも利用するだろうよ、テツォール」

「早くかれに会いたいものです」テツォールはそう応じ、卵形のサイコドを強く自分に押しあてて、「すぐに決着をつけなければ。わたしの力が落ちているのを感じますから」

突然、ヘッドライトの光に頭が大きいわりに華奢《きやしや》なからだの三名がうつしだされた。ツォッターだ！　かれらはまっすぐ地上車に向かって進んでくる。テケナーは最後の瞬間にからくもハンドルを切った。岩壁に衝突するのも回避できたが、そこに奇妙なかたちの生物があらわれた。二本の触手で前進し、三つめの突起を笞《むち》のように振りまわしている。タジャロだ。スプリンガーの動物園にいた外来動物である。ミニ送信機をつけて洞穴に配備されたかれらは、可動型リレー・ステーションのような役をはたし、地上車三台のあいだの通信をとりもっていたはず。

テケナーはすぐにブレーキをかけたが、こんどは回避しきれなかった。タジャロをひいたとき、軽い振動が地上車につたわった。

テケナーは舌打ちをしてから通信機のスイッチをいれ、

「三両めのテケナーだ」と、マイクロフォンに話しかける。「二両めのペファール・ガリジャ＝ピオッコルどうぞ。きみのタジャロをコントロールできないのなら、動物たちの追悼文を書いておいたほうがいいぞ。ツォッターたちを追いかけるかわりに、タジャロたちはわれわれに道を教えたがっている。わたしは一頭をたったいまキャタピラでひいてしまった」

「かわいそうなタジャロ……」スプリンガーの声がスピーカーから聞こえてきた。「でも、わたしになにをしろというので？　動物たちはいうことをきかなくなってしまった。突然おかしくなって、動くものすべてに襲いかかっている。なにもかも、このくそ洞穴のせいだ。かれらに作用する放射が出ているにちがいない。わたしの精神もプレッシャーのために発狂する寸前で……」

ホトレノル＝タアクはマイクロフォンにしがみつき、テケナーの制止を振りきっていった。

「きみはボイト・マルゴルの招聘を聞いているのさ、ペファール。かれにしたがうんだ！　ひきかえせ……」

テケナーは通信を遮断。だが、装置はすぐにまた音をたてる。テケナーは呼びかけに応答するしかなかった。

「こちら一両め」ヴィンクラン人ガリノルグの声だ。ツォッターの女のアールツァバ、発端者のイストリとビリア、それにパラテンダー四名が同乗している。「じゃあわたしの勘違いじゃなかったんだ。ボイトが近くにいると感じたのでね。われわれ、かれに逆らってはならない、タアク。すぐにひきかえさないと」

「わたしが指揮をとる」テケナーが応じた。「ホトレノルもわたしの指示にしたがっている。そのわたしが命じるのだが、このコースを堅持せよ」

「タアク自身から命令を聞きたい」ガリノルグが要求する。

タアクがマイクロフォンにかがみこんだとき、テケナーはかれにパラライザーを向けた。そして自分でマイクロフォンに向かって、

「ホトレノルは、わたしが指揮をとるのを歓迎している。一両めの周辺の状況を報告してくれたまえ、ガリノルグ」

数秒間沈黙があった。それからヴィンクラン人がふたたび話しだす。

「狂ったツォッターの女たちを外に出した。彼女たちがいなければ、パラテンダーたち

とわたしはもっとうまくやれるからな。われわれ、住人がいそうな洞穴にはいったところだ。洞穴の一部は壁でふさがれ、その隙間から拷問をうけているような叫び声がする。調査をいたしましょうか、テク?」

ガリノルグの最後の質問は、明らかにあてこすりである。

「アールツァバと発端者たちを追いだしたのはまずかったな、ガリノルグ」と、テケナーはいった。「女性居住地に案内してくれるはずだったのに」

「それは無用だ」と、ガリノルグ。「彼女たちは必要ない、テク。ボイトがツォッタートラクトのあるじなのだから。だが正直なところ、われわれの協力関係からなんの成果も得られなかったのは、すこし残念だ」

「よく考えるんだ、ガリノルグ」テケナーは懸命に叫んだ。「協力すれば、すべてを好転させられる」

「おしゃべりはやめろ、テク。わたしにねらわれないように気をつけるんだ。わかったな?」

「ガリノルグ!」テケナーは叫んだ。だが、すでに通信は切れていた。

「ようやく状況がわかってきたようだな、テク」ホトレノル＝タアクが鼻でせせら笑っている。

「あなたならガリノルグをいつでも説得できただろうに、ホトレノル」と、テケナー。

「なぜそうしなければならないんだ?」ラール人がたずねた。

「わたしが指揮権を握ったのを、内心よろこんでいるくせに」と、テケナー。「あなたはサイコドについて徹底的に調べたいと思っている。そうすればマルゴルに貢献できるからな。だが、あなたは表向きはかれの意志に反することができない。それでわたしに捕まってみせたのさ。だが、もしもガリノルグを呼びもどさなかったら、かれは凶暴化し、われわれのもくろみは水泡に帰すぞ」

ホトレノル＝タアクはちょっと考えてから残念そうにいった。

「すまんな、テク。きみの力にはなれそうもない。もうガリノルグはわたしにしたがわないだろう。ボイトの注目を集中的に浴びでもしないかぎり、あいつは命令に反する行動しかとれない。だが、いまはわたしにとってボイトが最優先だ。それしかない。あらゆるチャンスをとらえて、きみを……」

ラール人はそう話しながら座席から立ちあがり、テケナーに跳びかかってきた。だが、テケナーは瞬時に反応し、パラライザーを発射。ホトレノル＝タアクのからだ全体が震え、それからだらりとなる。ラール人はテケナーの上に落ちてきたが、かれはらくらくと腕一本で相手を助手席にもどした。

「このほうがいいだろう」と、テケナーはひとりごとのようにいった。ふたたび疑問が湧いてくる。ラール人はおのれを戦えない状態にするために、わざと襲ってきたのではあるまいか……そうすれば、テケナーにあらがわずにすむからだ。

「どうする、テク？」テツォールがたずねた。「案内人がいないし、われわれの命をねらっている敵にかこまれていたのでは、女性居住地に行きつくのはむずかしいが」

「われわれにはサイコドがある。それが肝心さ」と、テケナー。「だがきみのいうことには一理ある。われわれ、自分の生命を守らなければ。きみはどっちをうけもつかい、テツォール？　地上車の運転か、それとも天井の砲弾か」

シントは驚きの叫び声をあげ、

「テク、わたしにはなんの技術もないと知っているだろう。しかも武器の扱いはまったくだめだ」と、明言する。「われわれレアンダーは暴力の行使を忌みきらっているんだ」

「だが、きみたちに戦争をしかけてきたペトロニアーと戦ったじゃないか」と、テケナーが反論。「今回も似たような状況だ。パラプラズマ球体に永遠に混乱状態がつづくのを、きみは望むのか？　肉体のない存在となった同胞たちが使命をおびるほうがいいのではないか？」

「いいだろう、テク。それなら運転させてくれ」テツォールは譲歩した。テケナーはシントに地上車の操縦法を教えたが、かれはのみこみがいい。テツォールは大丈夫と確信してテケナーがビーム砲シャフトに行こうとしていたそのとき、呼びかけがあった。

「こちら二両め」スプリンガーが乗り組んでいる車輌からペファールが連絡してきたのである。「われわれ、ツォッターに攻撃された！」

「そんなことがあるものか」思わずテケナーはいった。

「緋色の修道服を着用した小人が岩の防壁をつくり、われわれは車で突撃したんだが」と、ペファールが報告をつづける。「動けなくなってしまってね。そうしたらちいさな悪魔たちがバールで襲いかかり、車を破壊してしまった。防戦しなければ……そうでないと頭蓋骨をたたき割られてしまう」

「暴力を使うな！」テケナーが命じた。「たぶん女性居住地の者たちだ。捕虜になれ。通信機を持っていくのを忘れるな。つねに連絡できるようにね。われわれはきみたちを追跡する。探知できるように、車輌の通信機のレベルを最大に切りかえろ。以上」

テケナーはスプリンガーたちが指示にしたがうように祈るばかりだった。

「テク！」テツォールが叫び、前方をさししめす。かれは同時に片手でハンドルを切り、車輌を真横に旋回させた。

テケナーがかろうじて視野のすみで見たのは、全速力でこっちに向かってくるべつの地上車である。ビーム砲が火を噴いたとき、かれらの地上車はすでに横の洞穴にはいっていた。

「なにかあったら連絡してくれ」テケナーははげますようにシントの肩をたたき、砲塔に向かう。またテッォールのからだが透けて、空振りしたような感覚があったが、気のせいだと自分にいいきかせた。シントがパラプラズマ肉体を制御できなくなったら、かれらの地上車は迷走してしまうだろう。

＊

テケナーはせまいシャフトにようやくはいり、サドルを自分にあわせて調節。無線でテッォールとつながっているヘッドフォンで、ペファールの報告も傍受できた。

「ツォッターたちはわれわれの武器を没収し、連行している」ペファールが報告。「持っていくのを許されたのは、タジャロとコンタクトできるヘルメットだけだ。だが動物たちは狂乱状態で、わたしの命令にしたがわない」

「それでもいい、ペファール」テケナーは自分の喉頭マイクロフォンに向かっていいながら、ビーム砲を後方に旋回させた。うしろについてくるガリノルグとパラテンダーたちの車輛のヘッドライトの光が見えてきたからである。車輛そのものはまだ見えない。

「抵抗するな」テケナーはいった。「われわれがきみたちを探知し、問題を解決するから」

「愚かなことをするな、ペファール」ガリノルグの声が割りこんだ。「テケナーはわれわれの敵だ。マルゴルにあらがっているのだからな。ツォッターをうちのめし、捕虜にしろ。マルゴルはわれわれの近くにいる。きみたちがかれの敵にダメージをあたえれば、感謝されるぞ。タジャロを呼んでけしかけ……」

ガリノルグの言葉がぷつりと切れた。テケナーはその理由を知っている。後続車輛の先端が岩盤のカーブからあらわれたとき、テケナーは無限軌道車に一発お見舞いしたのだ。エネルギー・ビームは目標をはずしたが、その数メートル手前で地面に命中。液化した岩石が車輛とチェーンに飛びちってから硬化したので、駆動輪が一瞬動かなくなったのである。ガリノルグの車輛は横揺れし、それからうしろに倒れた。

「わきの洞穴にかくれるんだ。テツォール」テケナーはシントに指示した。「ガリノルグをまけるかもしれない」

ガリノルグの哄笑《こうしょう》がヘッドフォンから響く。ヴィンクラン人にもかれの指示が聞こえてしまったらしい。

「これからは自分の判断で行動しろ、テツォール」テケナーはいった。「盗聴されているぞ」

「だんだん勝手がわかってきた」テツォールがいっている。「きみたちの技術も悪くないな」

「慎重にやるんだ」テケナーが忠告する。後方の闇に追跡者のヘッドライトの光があらわれるのを待ったが、いっこうにその気配がない。

「気をつけて、左だ！」横方向にのびる洞穴を通過しているとき、テッォールがいった。

テケナーはビーム砲を旋回させ、ふたつの光源が猛スピードで迫ってくるのを確認。そうこうするうちに閃光が走った。エネルギーの指が車輛尾部からわずか二メートルのところをかすめ、岩壁に穴を開ける。テケナーは迎撃するチャンスがなかった。あまりにもすべてが急に起こったからである。

ガリノルグがふたたび追ってくる。

奇妙なことに、よりにもよってこの瞬間にかれは妻のことを思いうかべた。ジェニーがこの洞穴迷宮にいれば、交信を傍受しているはず。なぜ介入してこないのだろう。すくなくとも生きていると知らせてきたらいいのに。それともなにかまちがいがあったのか？

「テケナーがわれわれを撃ってきた！」ガリノルグがスプリンガーたちをそそのかす。

「かれがどれほどマルゴルに敵対しているかという証拠だ。タジャロはどんなぐあいだ、ペファール？」

「かれらにくるように命令したのだが……おお、やってきたぞ！　おい、どうした……くそ！」驚愕の叫びがこれにつづいた。

「ペファール、どうしたんだ？」

「タジャロたちが見境もなくあらゆる生命体に襲いかかっている。われわれにもだ。メーソ……すわれ！　ササ……石になれ！　だめだ、服従しない。笞で酸をわれわれにひっかけて……ああ……」

「ペファール、脱出しろ！」ガリノルグの命令が響く。「ツォッターたちの混乱を利用するんだ」

後続車輛が停止した。テケナーは反射的に身をかがめる。エネルギー・ビームが音をたてて自分をかすめ、洞穴の天井に命中した。粉々になった岩と、溶けだした岩の飛沫が、雨のように降りそそぐ。テケナーは手の甲に刺すような痛みをおぼえた。燃えさかる岩石が直撃したのである。それでも歯を食いしばり、応戦した。かれの狙いは正確で、エネルギー・ビームは後続車輛の先端に穴をあけたが、致命的な損傷ではなかったらしい。地上車は走りつづけている。

テツォールは地上車を右へ曲がらせ、テケナーは遠心力でビーム砲シャフトの左側に押しつけられた。

ヘッドフォンから負傷したスプリンガーたちの叫び声が聞こえる。

「わたしのタジャロが笞で攻撃してくる！」ペファールの絶望の叫びが響く。「ツォッターたちはこん棒でタジャロを殴り殺している……」

「気をつけて！」そのとき、テツォールの声がした。「われわれ、助かったぞ、テク。非常ブレーキをかける！」

テケナーは向きを変え、前方を見た。通廊を遮断するように、岩をモルタルでつなぎあわせた高さ二メートルの防壁がそびえている。その後方に、ヘッドライトの光に照らしだされて緋色の服をまとったツォッターの一群が見えた。テケナーはぎりぎりのタイミングで天井から突きでている針状の岩に気づき、頭をひっこめる。

次の瞬間、大砲が岩の突起に撃ちこまれ、すさまじい轟音《ごうおん》がした。テケナーはシャフトの壁に両手足をつっぱっている。車輛が岩の防壁に衝突するときのショックを、できるだけ緩和するためだ。だが、衝撃は思った以上だった。衝突時にかれはシャフトの後方の壁にぶつかり、腕でかばっていた頭を強打。朦朧《もうろう》としたが、完全に意識を失いはしなかった。

シャフトから出ようとしたそのとき、ふたたび轟音が響き、車輛がまた振動。テケナーはまた頭部を打ち、全速力でつっこんできた後続車輛の運転者を呪った。

気をたしかにもて！　自分に話しかける。

目眩がするが、次になにをすべきかはっきりとイメージできた。テツォールはツォッターたちにサイコドを見せ、自分がだれだか証明したにちがいない。ガリノルグやパラテンダーたちと対立したときに、かれらを味方につけるためだ。すべてうまくいくにちがいない！

「テツォール！」テケナーは連絡通廊から運転キャビンに出た。助手席にはホトレノル

＝タアクが寝ていて、ぴくりともしない。ラール人はまだ麻痺状態なのだ。

だが、運転席にはだれもいなかった。卵形の王のサイコドだけがあり、テツォールは見えなかったのである。

「テツォール！」もう一度テケナーは叫んだ。だが、答えはない。

目の前が暗くなった。ヴェールごしに見るときのようにぼんやりと、ツォッターたちが地上車に近づいてくるのが見える。曲がったバールを頭上で振りまわしながら。威嚇のしぐさであることは、だれの目にも明らかだ。

テケナーは運転キャビンから出て、貨物室で壁づたいに手探りでサイコド十二個を探した。そこにはパラライザーをのぞいてかれのすべての装備が収納されている。フラップのひとつを開けて手をいれ、デフレクター・ジェネレーターをとりだす。

テツォールが非実体化したのであれば、かれもいまは見えないはず。

テケナーはデフレクター・ジェネレーターのスイッチをいれ、自分の姿が外から見えないようにした。

足音が近づき、貨物室のハッチに覆面したツォッター数名があらわれた。テケナーはじっとようすをうかがう。

「見て……なにか感じない？」覆面した小人のひとりが大声でいって、床にあるサイコドをさししめした。「神聖なものにちがいないわ」

「これは偽物のサイコドよ」と、もうひとりがいった。ほかの者たち同様、彼女も女性であることはまちがいない。

「でも臨在感があるわ！」最初のツォッターが反論する。

「たしかに……偽物の有害な臨在感がね」ふたりめが答える。「これをウェイテルのところに持っていくのよ。〝力のサイコド〟の生け贄《にえ》にしてもらうためにね」

テケナーは退路を断たれた。そこで手のとどく範囲にいるツォッターの女たちにびんたを食らわせ、声を変えてこういった。

「テツォールの名にかけて！テツォールのサイコドを冒瀆する者は罰せられ、永遠に転換者にとどまる」

ツォッターたちははじめの部分を聞いただけで叫びだし、パニック状態になって地上車から逃げだした。邪魔者がひとりもいなくなったので、洞穴にもぐりこむ。すぐわきに岩のくぼみがあるのを発見し、これからなにが起こるか、そこで観察することにした。

ツォッターの女たちは緋色の修道服をすっぽりとまとい、頭巾から角質化した瞼だけがのぞいている。彼女たちは、ガリノルグとパラテンダー四名をめちゃめちゃに壊れた車輛からひっぱりだしていた。出てきた男たちは、すでに武器をとりあげられている。

かれらは機械部品のような金属棒を持ったツォッターたちに追いたてられ、サイコドを持ってくるようにいわれて、いやいやながらもしたがっていた。ガリノルグがいまだに麻痺状態のホトレノル＝タアクを両腕にかかえてあらわれた。

「おちつけ、同志」ガリノルグがパラテンダーにいっている。「ホトレノル＝タアクが気を失っているあいだ、われわれはむちゃな行動をひかえる。ツォッターたちに勝利したと勘違いさせるのだ。かれらの本拠地にはいることが肝心。そうすればボイト・マルゴルと会えるだろう」

ガリノルグとパラテンダー四名はツォッターたちにつれさられた。パラテンダーのひとりは、ガリノルグにかわってホトレノル＝タアクを運んでいる。ツォッター数名はサイコドのそばにのこった。かれらはサイコドを疑いの目で見て、用心しながらつついたりしている。こんどはびんたされないのでだんだんに気が大きくなったのか、ついにはそれらを持ちあげて、運びさった。

テケナーは、かれらがテツォールの王のサイコドも忘れずに持っていると確信し、姿を消したまま尾行することにした。

シントのシュプールは、依然としてない。

4

なんとおごそかな静寂だろう。

だれもいないホールにはいると、自分の足音だけが反響している。

たったひとつのリズミカルに反復する物音しか聞こえないというのは、静寂の深さのあかし。

なんと空虚で絶望的か。

かれはよりどころが必要だった。おのれの空虚に埋没しないためのよりどころだ。物音がする。未知のだれかの足音だ。影が跳びかかってきた。威嚇的で、怪しく、強大だ。一パラテンダーが護衛の列からはなれ、よりどころを失いそうなかれを支えようとしたのである。だが、かれはその行動を誤解した。いや、誤解しようとした。鬱積した怒りを噴出させるバルブが必要だったのだ。

かれは怒りを、純然たるプシ・エネルギーのかたちでそのパラテンダーに放出したのである。こちらに向かってくるからだが縮んでいく。かれは背を向けた。醜い光景だったから。

罪のない者を殺さなければならなかったのは残念だ。だが、それからかれの気分はよくなっていった。あのパラテンダーをかれの内部の過剰な圧力の標的として使わなかったなら、この呪われた惑星全体が縮壊することになってしまっただろう。

かれは安堵した。

まわりを見まわすと、ホールはサイコドでいっぱいだった。サイコドは壁にかけられ、ガラス張りの陳列棚におさまり、台座にのっている。サイコドのあいだで瞑想しているのはハルツェル・コルドだった。ハルツェル・コルドは立ちあがり、女に自分の美術館の内部を見せている。ヴィルナ・マルロイに貴重な美術品を見せ、その臨在感をわかちあっているのだ。このふたりの関係から子供が生まれた。かれは、サイコド色の髪と漆黒の目と、樽のようにがっしりした胸と、まるく突きでた額をもつアルビノに成長する。

それがかれ……ボイト・マルゴルだ。

おのれの肉体から出て、先ツォッターの芸術作品のあいだを逍遥している自分が見える。自分の姿がはっきりしてくればくるほど、サイコドがぼんやりしてくる。サイコドは色あせ、溶けてなくなってしまうのだ。自分のからだにもどり、すべてが幻影にすぎなかったと知る。

サイコド美術館にはなにもない。なにもかかっていない壁、中身を掠奪された棚、からの台座。美術館に何者かが侵入し、かれのサイコドを盗んでいったのだ。十二個ぜんぶを。

失望は怒りに変わった。

「全員をひっとらえろ！」美術館の出入口で隊列を組んでいるパラテンダーにどなった。「スプリンガーたちを集め、建物内にいれろ。かれらを尋問する。ツォッターが出没したら、鎖につなげ。ツォッターも、スプリンガーも、《ムーンビーム》でわたしといっしょにここにきたのではない者も、とにかく全員こらしめてやる」

パラテンダーたちは出ていった。

ボイト・マルゴルはからっぽの美術館を出て、もっとも高い屋上テラスに登った。めずらしいほどのいい天気である。どの方角も地平線まで見とおせた。迷宮のような洞穴がある山々も。ずっと昔にかれはあの洞穴のどこかで母の胎から生まれでた。百年ほど前のことである。

奇妙なことに、かれは生まれるまでの出来ごとのほうが、ツォッターのもとにいた生後六年間の出来ごとよりもよくおぼえている。ヴィルナ・マルロイとハルツェル・コルドがいっしょになり、愛情をはぐくんだいきさつをすべて知っているのだ。だが、ツォッターの洞穴で暮らしたその後の六年については、記憶がないも同然なのだ。

当時なにがあったのか？

どうでもいいことだ。重要なのは現在ではないか。

ここには強大な《ムーンビーム》がある。直径二・五キロメートルの巨大戦艦だ。あまり遠くない場所の砂のなかに宇宙船の残骸が見える。かれの旗艦の攻撃に敗《やぶ》れた転子《ころ》状船だ。

スプリンガーたちは価値もない所持品の数々を破壊された宇宙船から救いだしたもの。そのあいだを動物たちがうろつき、燃えつきた死体が横たわっていた。

マルゴルの目はよく見える。砂丘のなかから折れまがった羽根が突きでているのに気づいた。死んだ鳥だ！　ツォッタートラクトには昆虫以外の飛翔動物は存在しない。スプリンガーの家畜が、砲撃された宇宙船から脱出し、雹《ひょう》か砂嵐に襲われたのであろう。

スプリンガーは船内にたくさんの動物を乗せていた。芸人たちはいまや、おのれの存在価値と故郷とを奪われたのである。

だが、かれらはなぜ裏切り者のホトレノル＝タアク、ガリノルグとつきあったのだろう？　マルゴルのサイコドを盗んだ裏切り者たちと！

その理由は、スプリンガーたちから聞けばいい。かれはかれらの大多数のプシ親近感を感じている。

パラテンダーは建物から勢いよく跳びだした。建物の屋根からは砂漠が見わたせる。かれらは部隊に分かれ、サボテンの森のなかにいる。指示が出て、スプリンガー船の残骸の方向に動きだした。数グループは帯状のサボテンのあたりに散開。ここに忍びこんだツォッターを捕まえるためだ。

ツォッターはなんてまぬけな生物なんだ。サイコドを創造した才能豊かな芸術家の末《まつ》裔《えい》とは、とても思えない。宇宙船の残骸から叫び声が聞こえた。スプリンガーが動物の集団に城の方向に追いたてられているのである。パラテンダーは船内に侵入し、かくれている者たちをひっぱりだしている。

マルゴルは展望のよい場所をはなれ、巨大ベッドのある部屋にはいった。城にはこのタイプのベッドはひとつしかないから、これはヴィルナ・マルロイが結婚後に使うはずだったものにちがいない。だが彼女はそうはならなかった。そのこともかれは知っている。

マルゴルはベッドの上でからだをのばし、すべてのサイコドを自分のまわりに集めたらどうなるだろうかと想像した。それこそが夢の成就といえないだろうか……

だがそれは虚構の物語だ。問題を早急に解決し、たりないサイコドを探して、《ムーンビーム》にもどさなければ。それさえあれば、真空案内人の力を借りなくても、超弩級戦艦を操り、プロヴコン・ファウストの星間物質カバーを飛行できる。

それはかれの最後のテストになる予定だった。このテストで確証が得られたら、かれはロクティン＝パルと艦隊を銀河の凱旋行進に導くつもりだった。

だが、まずはここでの問題をかたづけねば。

かれは尋問をする心づもりだった。

ボイト・マルゴルは巨大ベッドにあおむけに寝て、大きな天窓から暗くなっていく空を見あげている。嵐の警報が出て、円形天窓のブラインドが閉まったちょうどそのとき、パラテンダーたちが最初のスプリンガーを尋問につれてきた。マルゴルは手はじめに氏族の族長から尋問するつもりなのである。かれは立ちあがり、両腕でからだを支えてスプリンガーを見た。見やすいように、サイコドのアミュレットを上着のスリットからとりだす。

「なんという名だ？」マルゴルは族長に質問した。

「わたしはルコル・ガリジャ＝ピオッコル。あなたのしもべです、ボイト」スプリンガーはいった。

マルゴルはかれに対して強いプシ親近感を感じた。すでに一度、この男と濃いかかわりをもったような気すらする。かれは面くらった。スプリンガーの族長が、筋金いりのパラテンダーとしてあらわれるとは予想していなかったからである。

「ホトレノル＝タアクとガリノルグは、かれらのためにサイコドを盗んだら、どうしてくれると約束したんだ、ルコル？」マルゴルは質問し、スプリンガーの目がアミュレットに釘づけになっているのを確認した。「かれらの権力にくわわらせてやろうと言葉たくみに誘われたのか？　それとも略奪品の一部を分けてやると？　どんな約束をしたのか話すんだ」

「それはどれも正しくありません」と、ルコル・ガリジャ＝ピオッコル。「かれらはわたしとわたしの氏族に莫大な宝をやると約束しました。でもその芸術作品を見たとき、われわれに変化が起きたのです。タアクとガリノルグはそれ以上なにも約束する必要はなかったもの。サイコドの放射こそが約束でしたから。いまわかりました。われわれにサイコドを手わたしたのは、あなたのメッセージだったのですね」

マルゴルはひどく驚いたが、スプリンガーが本心で話しているのは理解した。嘘をついているのではない。かれはパラテンダーだ。だが、勝手に行動してかれに背を向けた裏切り者たちが、かれらの手先をパラテンダーにしたというのは、どういうことか？　これも陰謀なのか？　その背景を調べなければならない。

「タアクとガリノルグからどんな命令をうけたんだ、ルコル？」マルゴルはたずねた。

「かれらがわたしの氏族の者たちと出発して、先ツォッターの洞穴を調べるあいだ、氏族ののこりといっしょに帰りを待つようにいわれました」ルコルは答えた。「かれらはテラナーに盗まれる前に救いだしたサイコドとともに、シフト一機、地上車三両で出発。捕まえた泥棒男も同行しています。いまも一行とは交信可能で、わたしの宇宙船が攻撃されたときにはそれも知らせました。あなたが攻撃を命じたとは知らなかったものですから、ボイト」

スプリンガーはマルゴルを恨んでいなかった。思い違いがあったことを謝らなければなるまい。かれは絶対的な忠誠を誓っているのだから。状況は非常にややこしく、マルゴルはだんだんわからなくなってきた。全貌を見失うおそれがある。サイコド盗難計画についてかれがたてた仮説は、スプリンガー族長の証言によってひっくりかえされた。

「わたしがきみの宇宙船に砲火を浴びせてから、タアクとガリノルグがサイコドを持ってツォッターの洞穴に逃げこんだのではないのか？」マルゴルがたずねた。「裏切り者たちはサイコドをわたしから守ろうとしたのか？」

「タアクとガリノルグが裏切り者ですって？」ルコルが驚いている。「それは信じられません。あなたを助けるためにこの計画をはじめたのですから。てっきりあなたにたのまれてやっているのかと思いました」

「きみはだまされている、ルコル！」マルゴルはまだ自説に固執《こしつ》している。ほかの手がかりをもとめて、こういった。「サイコドを盗もうとしたテラナーについては、なにか知っているか？　かれがラール人、ヴィンクラン人と共謀している可能性は？」

「タアクとそのテラナーは前から知り合いです」ルコルは答えた。「でもふたりが会ったところを見ましたが、友が再会したという感じではありませんでした。テラナーはパラテンダーではありません。スペース＝ジェットで着陸し、自分の妻とツォッターたちといっしょにシフト二両に乗ってきたのです。タアクとガリノルグはかれらを見て狼狽していました。名前も聞きましたよ。ロナルド・テケナーとジェニファー・ティロンとか」

マルゴルは驚きをかくした。やはり生きていたんだな、そうだと思ったんだ。どうりでかれらの〝死体〟に細胞活性装置がなかったはずだ。急にいままでの疑問が晴れたような気がする。

テケナーと妻は第三者の力を借りずにかれをだませたわけがない。ホトレノル＝タアクと結託したのだろう。全体像が見えてきた。ルコル・ガリジャ＝ピオッコルはこの陰謀に気づいていない。タアクはたくみにしくんだもの。

マルゴルは裏切ったパラテンダーが近くにいるのを感じた。そのような背信行為をはたらいたのに、ラール人のプシ親近感が以前と変わらず強いのはなぜだろう。《バジス》でペイン・ハミラーが背いたときは、何光年もはなれていたのにこの離反は永遠につづくとはっきりわかったじゃないか。タアクは百キロメートルもはなれておらず、プシ親近感の強さに変化はないと客観的に判断できる。ラール人がそれでも裏切っているというのは、どう解釈したらいいのか？

これではっきりした。パラテンダーは〝ひとりとして〟信用してはならない。信じられるのはただサイコドのみ。

「行っていい、ルコル!」スプリンガーの族長がまだいるのに気づいたマルゴルはいった。

次にスプリンガー氏族の家族評議員たちを呼んだが、かれらの証言からは新しい事実は出てこなかったし、マルゴル自身もうわの空だった。

一度だけ耳をそばだてたのは、パラテンダーたちがツォッター一名を捕まえたと報告してきたときである。どうやら例のサイコド盗難未遂について知っているらしい。マルゴルはかれをつれてこさせた。ツォッターがはっきりとした言葉をしゃべれないので、尋問は非常に骨が折れた。だが、マルゴルはツォッターとかかわった経験があるので、かれらのわけのわからない話をよく理解できる。興味ある新事実もいくつか浮かんできた。

そのツォッターはケーリルという名で、テケナーのスペース=ジェットに乗っていた。ただし、ケーリルの表現を借りれば〝うまくいえない〟状態で。マルゴルはツォッターが両性具有であると知っていたので、かれはツォッタートラクトへの移動中はまだ女であったのだろうと推測。かれはほかのツォッターたちと、倉庫にあったサイコドのコピイをつくったという。テケナーはそれをほんものとすりかえようとした。押収された模造品をケーリルに見せたところ、かれはそれがみせかけの〝真のサイコド〟だと断言した。

だがケーリルは、歌のような独特の言葉を使って、十三個めのサイコドがあると主張している。それは一個、つまりほんものしかないのだ。マルゴルは砂とサボテン果汁をツォッターのところに持ってこさせ、その十三個めのかたちを再現させた。

「真のサイコドつくるのは、お遊びみたいにかんたん、かんたん」ケーリルはそういって、〝粘土〟で器用に卵形の物体をつくっている。

「王の目だ！」ケーリルの作品を見たマルゴルは、びっくりしてつぶやいた。

「王のサイコド、テツォールの！」ケーリルはよろこびで顔を輝かせながら、「テケナー＝テクとジェニー＝ジェニファー、案内するのはテクヘター……」

おしゃべり好きのツォッターの歌まがいは、ますますわからなくなってきた。だが、マルゴルには充分だった。

かれによれば、テケナーと妻は王のサイコドを持っている。昔、ハルツェル・コルドがしばらくのあいだ所有し、かれも探していたが見つからなかったサイコドだ。テケナーはこれを餌《えさ》にしてホトレノル＝タアクを釣り、自分の影響下におさめたのか？

マルゴルは決心した。

かれは《ムーンビーム》におもむき、ただちにスタートするように命令。目的地は先ツォッターの居住山地だ。かれから逃れるため、そこに敵どもがひきこもっている。必要とあらば、超弩級戦艦の攻撃能力を総動員して、敵が降参して洞穴から出て慈悲をこうまで、山を溶かすつもりだ。

《ムーンビーム》はスタートし、地平線の連山の方向に向かっている。そこで決着をつけなければならない。マルゴルは必死に自制して、自分の五十九のサイコドがある貨物室に行きたいという誘惑にあらがった。

ここはがまんして、まずのこりのサイコドを手にいれなければならない。そのあとで自分のサイコドの臨在感にひたり、エネルギーを吸収すればいい。

かれは目前の作戦に集中し、さまざまな可能性を考えて、万一の場合に適したありとあらゆる戦略を練った。

精神を開き、あらゆるプシオン流をおのれのなかにとりこみ、パラテンダーたちのプシ親近感インパルスを享受する。だがおのれの周波の慣れしたしんだ振動のなかに急に未知のインパルスがまぎれこんできた。しかも超弩級戦艦が先ツォッターの住む山に接近するにつれて強くなっていく。

突然、マルゴルは雷に撃たれたようになった。

プシオン振動には三つの出所がある。発信源はミュータントの脳で、かれのプシ・エネルギー性放射に免疫があって反応しないばかりでなく、抵抗してくる。この脳波パターンは、わがことのようによく知っている。

マルゴル同様にプロヴコン・ファウストの子供であるブラン・ホワツァー、ダン・ヴァピド、エアウィ・テル・ゲダンのものだ。だが出身が同じというだけで、それ以外にかれらに類似性はない。三名はかれと正反対の存在、すなわちアンティポーデ、しかも最悪の敵なのだ。

かれらがツォッタートラクトにいるのは、長い時間をかけて準備されたかれに対する陰謀がいよいよ動きだした証拠。

ようやくわかった。悪意にみちた陰謀を見やぶるまでには時間がかかったもの。だが、対策を講じるのに遅すぎるということはない。ホトレノル＝タアク、テケナー、ガイア・ミュータントという枢軸に、それ相応の非情さで対抗しなければなるまい。

5

「なんでそんなことをするんだ！」ドオムヴァルは三ガイア・ミュータントに向かって叫んだ。だが、嵐がかれの唇から言葉を奪った。閉じた目にも砂がはいりこみ、息もできない。「突風がきて、深みにはまってもいいのか？」

かれは風にさらわれないようにからだを支えながら、ミュータントたちをひきもどそうと必死である。パラプラズマ球体を飛行しているときも、三人の行動はおかしかった。

ドオムヴァルはいまとなっては後悔している。かれらの超心理能力は精神化した先ツォッターの影響によるもので、ネガティヴ・ミュータント、ボイト・マルゴルの力を相《そう》殺《さい》する、と三人にいったことを。なぜならその瞬間から、かれらと理性的に話すことは不可能になったからだ。おのれの肉体からはなれ、星間物質カバーに吸収されてしまったかのように、放心状態である。

星間物質カバーを出て、テツォールの遠征隊を降ろしたツォッタートラクトの谷に到着しても、かれらのようすは変わらなかった。テク、ジェニー、ツォッターたちはさらに先に進んでいたので、遠征隊の目的地である洞穴のある山まで飛行をつづける。ミュータント三名のぼんやりとした状態は、かれがスペース＝ジェットを高原に着陸させたときにも変わらなかった。

ホワツァー、ヴァピド、テル・ゲダンはスペース＝ジェットを出てすぐに、石のように動かなくなってしまったのである。

「山のなかにはいらないと！」三名のところにきたドオムヴァルは大声でいった。「われわれの目的地は洞穴迷宮のなかだ」

嵐が弱まり、声が風音に消される心配がなくなったのに、かれらには聞こえていないらしい。山の上のある一点をじっと見ている。渦を巻いている砂の向こう側らしい。

「おい！」ドオムヴァルはブラン・ホワツァーを揺さぶった。「いったいどうしたんだ？」

頭上の砂の雲がさらに消えていく。ミュータントたちが見ている方向にもう一度目をやったドオムヴァルは、息をのんだ。

塵で曇っている空から轟音が聞こえ、音量がどんどん増していく。突然、巨大な球体の輪郭があらわれた。超弩級戦艦だ！ さいわい戦艦はかれらの一キロメートル手前でとまったので、エンジンが放出するエネルギーを浴びることはなかった。

「ボイト・マルゴルがきた」まったく動かないまま、ブラン・ホワツァーがいった。

「じゃあ、逃げなくては！」ドオムヴァルがいった。「われわれのほうが先についたのだから、マルゴルのパラテンダーたちより先に洞穴の中央に到着できる。なぜつったっているんだ？」

ホワツァーはためらいがちに歩きだしたが、またとまってしまった。金縛りにあったように宇宙船から目をはなさない。催眠術にかかっているのか。だがかれの視線は艦内を見ていたのである。テルコニット鋼の外被をこえて、その先を。

「きみたちはマルゴルと対決したいのか？」ドオムヴァルは不安になってたずねた。

「超心理性レベルの決闘を申しこむ気か？」

「それはまだ早すぎる」ヴァピドが夢を見ているような声でつぶやいた。「おたがいに探りあっているだけさ」

テクヘターは大きく息を吸った。

「テツォールとコンタクトするまでは、なにもしないでくれ。パラプラズマ存在は、マルゴルにどう対処したらいいか教えてくれるだろう。なぜいつまでも動かない？」

「見ればわかるわ」エアウィ・テル・ゲダンが淡々といった。

ドオムヴァルはふたたび超弩級戦艦を見た。すべてのエアロックから数百もの黒いちいさな点が降ってくる。

三ミュータントのなかで最初にトランス状態から回復したのは、エアウィ・テル・ゲダンだった。それがわかったのは、ふたたび話したときの声がしっかりしていたからである。

「戦闘服をつけたパラテンダーたちよ」と、説明する。「ぜんぶで三千人はいるかしら。山に攻撃をしかけるでしょう。サイコドたった一ダースのためにね、ダン！」

プシ分析家は、名前を呼ばれてぴくりとなった。

「ダン、かれらをとめなくては」と、エアウィ・テル・ゲダンが要求する。「山からいろいろな交信の断片をキャッチできるわ。でも、それを整理するには時間が必要だから、ほんのすこし嵐を起こして。パラテンダーをひきとめるためにね」

ダン・ヴァピドは黙ってうなずいている。天気を変える能力をもつヴァピドが自分の使命に集中しているあいだ、ドオムヴァルは感心してかれを見ていた。

急に雷が轟《とどろ》き、大気が震えだしてとまらなくなった。空は夜のように真っ暗で、闇にひっきりなしに稲妻が光る。稲妻はいくつにも枝わかれして、戦艦から出て浮遊しているパラテンダーを直撃。ドオムヴァルは、エネルギーが解放されるあやしい光のなかで、昆虫の大群のような何千というちいさな点が乱舞しているのを見た。

「稲妻でかれらは死んでしまうのか？」テクヘターは仰天してたずねた。

「われわれは殺人者ではない」ブラン・ホワッァーが答える。「ダンは力を加減しているから、戦闘服の装置や武器システムがショートする程度だ。装置がもう使えなくなることもある。こうやって混乱を起こしているのさ。この隙をついて、われわれはテッォールの遠征隊がいるところまでたどりつかないと」

ドオムヴァルはいちばん近くの洞穴の入口に向かって動きだした。こんどは三ミュータントがついてくるのを見てほっとする。洞穴にはいった瞬間、外でハリケーンが襲来。

「もう充分だろう、ダン」と、ブラン・ホワッァー。ダン・ヴァピドは緊張をといた。ホワッァーはエアウィを見て、「山の状況はどうだい、エアウィ？」

「大混乱におちいっているみたいよ」と、エアウィ・テル・ゲダン。脳の一セクターで通信を傍受できる〝リレー〟という能力の持ち主なのだ。「おたがいに追跡しあって、当事者ですら敵と味方の区別ができないような状態だわ。意思の疎通にはひとつの周波しか使っていないので、交信が混じりあってしまって。それに通信を妨害している強力な放射源があるの。しかもそこを目標にして、全員が移動しているわ」

「テッォールがどこにいるか調べるんだ」と、ホワッァー。「かれを目標にしなければならない。かれとかれのサイコドを中心にしてすべてがまわっているのだから」

「テクとジェニーを忘れるな」と、ドオムヴァルがミュータントたちにいった。「ふたりはとくに危険にさらされているのだから。マルゴルがかれらの細胞活性装置をねらっている」

かれは先を歩き、投光器で洞穴を照らしだしている。光線のなかにツォッター二名があらわれたときもあったが、かれらはすぐにわき道の暗闇に消えた。

「交信内容からはテッォールの状況はわからない」エアウィ・テル・ゲダンがいった。「交信そのものがまれになってきたし。パラテンダーらしい男が、ツォッターの一グループを捕まえたと報告していたけど……そんなことがあるかしら。居住山地のツォッターは攻撃的らしいわ」

「テクとジェニーは?」ドオムヴァルがきいた。

「生きている兆候はないわね」

「われわれはかなりいかがわしい計画に手を染めている」と、ダン・ヴァピド。「成功のチャンスはすくない。マルゴルにすがったほうが賢明かもしれない」

「マルゴルはわれわれから逃げない」と、ブラン・ホワツァーも応じた。「かれは両手をひろげてわれわれを歓迎してくれるだろう。だがみやげも持たずに行くわけにはいかない。どうしても王のサイコドが必要だ」

「いまの状況では、成功の見こみはあまりない」と、ダン・ヴァピド。「われわれがマルゴルのところに行くのがいいのでは」

「降伏するという意味か?」ドオムヴァルは信じられなかった。「マルゴルを無力化するためにたくさんの者たちが危険を冒したというのに、かれらに背を向けて寝返るとは!」

「きみにはわからないだろう、ドオムヴァル」と、ブラン・ホワッァー。「きみはわれわれの使命について貴重な助言をしてくれた。だが、だからこそこうするしかないということが、わかるまい」

ドオムヴァルは臆病者とか裏切り者といった言葉を口に出しそうになったが、それをいう前に予期せぬ事件が起きた。

かれらの前にツォッターがひとりあらわれたのである。それ自体はそれほどめずらしくはない。洞穴の奥深くにはいればはいるほど、ほかのツォッターに遭遇する可能性はあるのだから。そのツォッターが男で、非常に興奮したジェスチャーをしているのも、ドオムヴァルにはそれほどめずらしくはない。だがさらに近づき、かれが半分透明だと気づいたとき、はじめてそれがだれだかわかった。そこで、こういった。

「テツォール、そうだな？」

「そうだ。さ、急いで……わたしのサイコドがペトロニアーの機械の犠牲になってしまう。きみたちは……」

テツォールは地面が隆起した場所の向こう側に消えた。穴に転落したような感じだ。だがドオムヴァルがそこに行ってみると、穴はなかった。ということは、テツォールが非実体化したとしか考えられない。

「ツォッターを見たかい？」ドオムヴァルはミュータントたちにきいた。「あれがテツォールだ」

「われわれにはかれがまだ見える」ブラン・ホワツァーが主張する。「テツォールはわれわれにサイコドにいたる道をしめしている」

目の前にある洞穴の通廊を見ていたドオムヴァルは、一瞬、光がかすかにちらちらしたような気がした。だがそれ以外にはなにもない。だがテクヘターは、見えないパラプラズマ存在が、自分よりも能力のあるミュータントだけに見える合図を送ったのだろうと想像できた。

それが凡庸なパラ盗聴者と、過去センサー、プシ分析者にして天気人間、〝リレー〟との差なのだ！

＊

膝までしかとどかない修道服を身につけたジェニーは、かなり滑稽に見えた。だが、彼女はそれを身につけたままでいた。可能なかぎり、ゲームをいっしょにつづけたい。彼女はすくなくともテクがテツォールとサイコドとともに到着するまでは。待ち時間を彼女は異種の機械構造物の調査にあてた。アニマ居住地のツォッターの女たちが〝力のサイコド〟として拝んでいたものである。

つねに金属棒をいじくりまわしている神官たちにかこまれていたが、待遇はそれほど悪くなかった。ジェニーはすべてをがまんした。危険が迫ったときのために、修道服の下にいまだに装備品をかくしもっている。修道服の女たちは、アームバンドと武器をとりあげなかったのだ。没収されたのは呼吸装置のみ。だが洞穴のなかではどのみち呼吸装置は必要ない。

時間がたつにつれて、彼女はツォッターの女たちの奇妙な儀式の意味がすこしずつわかってきた。

標準時間で百年前のアールツァバの移住により、のこされたツォッターの女たちがサイコドに対する信頼を失ったことは明らか。サイコド信仰は、世代が新しくなるにつれ、どんどん消えていき、知識は失われ、盲信によって排除されてしまった。だから、同胞の女たちにペトロニアーの機械を唯一の真のサイコドだと信じこませるのは、ウェイテルにはかんたんだったのである。

ウェイテルが権力を握るようになったのは、せいぜい数カ月前だろう。というのも、彼女が説いている迷信に懐疑的な者が、アニマ居住地のツォッターの女のなかにもいるからだ。

ジェニーが知りあった神官によれば、ウェイテルがクーデターを起こす前にはまだサイコドが崇拝されていたらしい。だがこれらのサイコドは、新任の高位神官によって運びさられたという。サイコドは谷に運ばれ、そこの古い礼拝所の遺跡の壁のなかに埋めこまれた。

「その遺跡はどこ、ボスタ？」ジェニーはその神官の女にたずねた。「そこにかくされているサイコドをうまく運びだせたら、その力を見せつけて、ウェイテルを失脚させられるわ」

「サイコドはもうその場所にはないわ」ボスタが説明した。「あなたみたいな人間がきて、城に運んだの。それが道理といえば道理なんだけれど。だって、わたしたちは大昔にサイコドを城の美術館から盗みだし、偽物と交換していたのだから」

ジェニーはがっかりした。それでもツォッターの女のこの話から、それがボイト・マルゴルのサイコドだとわかったもの。かれはプロヴコン・ファウストにもどり、ツォッタートラクトにきてから、父ハルツェル・コルドの美術館で贋作を発見し、ほんものを探すための遠征に出たのである。その結果、かれはサイコドのかくれ場に行きついた。

〝力のサイコド〟とはどういうものなのか、ジェニーはボスタからききだそうとした。だが彼女はペトロニアーの機械がまだ機能しているのか、どのような用途の機械なのか、わからないらしい。だがそれはほんもののサイコドではないだろう。

「わたしといっしょにきたエテアラが、この機械を見てショックのために性が変わってしまったの」と、ジェニーは自分の新しい仲間にいった。「エテアラはその機械がペトロニアーと関係があると、すぐにわかったのよ。この宇宙の技術屋たちは、あなたの種族がレアンダーと名のっていたころに、かれらを抑圧しようとしたの。自分たちの技術を強制し、兵士にするための再教育をしたんですって。あの機械はその当時のもので、ペトロニアーがひきあげるときに忘れていったか、あるいはわざと置いていったものなのよ」

「そんなことが……」ボスタは混乱しているようだ。

「あんな機械がほかにもあるの？」ジェニーが質問した。

「いいえ、あの〝力のサイコド〟しかないわ」ボスタが答える。特大のねじのようなものがついているバールを振りまわしながら彼女は話しつづけた。「でも数ヵ所にまだほかのサイコド、というかあなたの話によれば機械の部品があるわ。そこからわたしたちは〝魔法の棒〟を手にいれているの」

「じゃあその部品は〝力のサイコド〟からとりはずしたものではないのね？」ジェニーはたしかめた。

「まさか！」ボスタがぎょっとして拒否した。「〝力のサイコド〟に触れる勇気がある者なんていないわ」

「わたしにはあるわ」と、ジェニーはいって、巨大な洞穴を埋めつくしているもつれたかたちの構造物を見た。チャンスがあったら、機械をもっとくわしく調べよう。彼女のアームバンドの表示によれば、機械にはエネルギーが供給されている。供給源は強力なハイパー放射だ。そこから発生する妨害フィールドは、居住山地内部の交信を制限し、探知をほとんど不可能にするほど強力だ。つまり交信ができなかったのは岩壁のせいばかりではなく、この構造物のハイパー放射が大きな要因だったということ。エネルギーが供給されているのなら、なんらかの機能をはたしているのだろう。この機械を使ってウェイテルに作用をおよぼすことはできないだろうか？

「てつだってくれるかしら、ボスタ？」ふたりだけになったとき、彼女はツォッターの女にたずねた。

「なにをすればいいの？」ボスタは不安げにきいている。

「ただ見張るだけよ。だれかがきたら早めに教えてちょうだい」ジェニーは答えた。

「この構造物を内側から調べたいの」

ボスタは愕然としていたが、ジェニーは相手になにもいわせずに、さっさと機械に近づいた。

奇想天外な構造物だ。さまざまな太さや長さの支持エレメントで構成され、しかもそのエレメントはあらゆる方向に枝わかれしている。たとえていえば、複雑な多層構造をもつ結晶の模型か、アトミウムと呼ばれる立体格子構造《りったいごうしこうぞう》か、三次元構造のクモの巣といったところか。

なかにはいったジェニーは、異次元のクモの巣に捕まえられたような気がした。筋交《すじか》いが非常に太いところでは、隙間にからだをむりやり押しこんで進まなければならない。修道服を着用しているので動きにくいが、脱がなかった。刺繍されているシンボルが信号のような効果を発揮し、機械のどこかにあるセンサーが反応してくれるのではないかと踏んでいたのである。

ジェニーは登ったり降りたりしながら五メートルほど進んだ。振りかえって見ると、支柱がびっしりいりくんでいるためにボスタがいる部屋はほとんど見えない。

「ジェニー？」ツォッターの女がびくびくして呼んでいる。「あなたが見えないわ」

「ここにいるわよ」ジェニーはちいさな声で答えた。「それよりだれかこないかよく見張ってちょうだい」

ジェニーはさらに匍匐《ほふく》前進。奥に進めば進むほど、彼女のまわりの棒から歌のような音が聞こえてくる。歌は進むにつれて音量が増すというよりも、はっきりしてくる感じだ。それはもはや聴覚ではなく、内的な感覚器官でしか聞きとれない、いわばメンタルな音になっていった。

アームバンドで確認してわかったのだが、特定の棒はなんらかのエネルギーを帯びているが、そうでない棒もある。エネルギーを通している棒を避けながら進むと、〝歌〟が弱まっていく。だが、奥に行くにつれて、エネルギーを帯びていない支持エレメントはすくなくなってきた。

〝歌〟は強くなる一方。ジェニーは汗をかきはじめた。脈が速くなり、こめかみがはげしく脈うつ。

ひと休みしよう。呼吸がしにくくなり、目眩がして、循環器系統に過度の負担がかかっているらしく、いまにも倒れそうだ。からだを酷使していないというのに。

それに細胞活性装置はどうしてしまったのだろう？　装置の振動が精神と肉体の両方の機能をノーマルな状態にたもってくれるはずなのだが。

細胞活性装置だ！

ジェニーの精神が警告の鐘を鳴らした。ペトロニアーの機械は、彼女の細胞活性装置の振動に悪影響をおよぼしている。それ以外、考えられないではないか。

でもどうやって？　ペトロニアーが数十万年も前に、細胞活性装置の五次元性振動を変換する機械を設計できるはずがない。

そんなことがあるはずはない……彼女の思考はすっかり混乱してしまった。もどらなければ！　だが、きた方向がわからなくなった。

ひきつった声が聞こえてくる。

「ジェニー、気をつけて！　だれかくるわ！」

ボスタだった。

〈お願い、話しつづけてボスタ。そうすれば方向がわかるから〉だが、ジェニーは機敏に動けなかった。棒と棒のあいだのせまい隙間を、スローモーション映像のように移動している。空間がさっきよりもせまくなったのだろうか？〈ボスタ、どこにいるの？〉

「早く、ジェニー！」声がはるか遠くから聞こえてくる。「ウェイテルが近づいてくるわ！」……〈そのまま話していて、ちいさな友よ。いま行くわ〉……「高位神官はとりまきをたくさんつれているわ。人間も混じっている」

もうだめだ！　ジェニーはまったく力がなくなってしまった。ちょっと動くだけでも超人的ながんばりが必要なのだ。手足が鉛のようで、胴体はもっと重い金属でできている気がする。頭にいたっては支えるだけでもひと苦労で、ついに梁《はり》にもたせかける始末だ。支柱の材料はひんやりしていて、額にここちよい。胸の上にある細胞活性装置はマグマのように燃え、皮膚を通して心筋を焦がしていると感じるほど。停止、そして暗黒。

そのとき物音がして彼女は跳びあがった。悪寒《おかん》が襲ってくる。だがそれがひどい熱感を奪ってくれた。寒くなって震えがくる。またはっきりと考えられるようになった。物音の正体は足音と声だ。

彼女は頭をあげた。頭が風船のように軽い。きらきら光る棒が複雑にからみあい、それを見ていると目眩がする。影が見えてきた。ヒューマノイドの影がいりみだれて輪舞を踊っている。徐々に視界がはっきりしてきて、思考能力が回復。

細胞活性装置がふたたび安定してきた。危険は去ったのである。突然のブラックアウトで思考が中断されていたとき、わたしはなにをしていたのだろうか？

この機械は細胞活性装置の機能を奪うために設計されているのではないのだ！　そんなことが、あるものか。あれはたんなる副次作用だ。ペトロニアーはなにか違う目的を考えていたのだろう。

ジェニーはかれらの立場になって考えてみた。百万人のレアンダーが肉体を捨て、ペトロニアーがつくった星間物質カバーに吸収されたとわかったら、宇宙の技術屋はどのように反応するだろうか？　ペトロニアーは、肉体のない存在となったレアンダーの精神力を測定できる機器類を持っていた。この機器は、レアンダーがのこしていったサイコドの放射も記録している。ペトロニアーは、星間物質カバーのパラプラズマ球体をかんたんになくすことはできないが、サイコドのためになにか手を打ったはず。

そう、かれらはサイコドの効果を相殺する機械を建造したのである！

ジェニーは目からうろこが落ちる思いだった。こんなひどい状況でも、ペトロニアーの戦略の意味と目的がわかったのだから。

この機械は、逃亡するペトロニアーが星間物質カバーの大渦巻のなかで死亡するのを防げなかった。こうして機械は建設者たちより長生きし、レアンダーの種族の運命となったのである。

それはいまだに作動していて、ツォッターたちが一定の発達段階に達し、祖先の遺産を理解しそうになると動きはじめる。そしてペトロニアーの機械は情け容赦なくぱたんと閉まってしまうのだ。

ジェニーは現実にもどり、自分に起きた出来ごとに集中していた。ペトロニアーの機械内部のかくれ場からは、せまい神殿の部屋がよく見わたせる。

そこにウェイテルがツォッターの一群といっしょにあらわれた。しかもかれらだけでなく、もっと背丈のあるヒューマノイドも混じっているではないか。かれらもジェニーに短すぎたあの滑稽な修道服をまとっている。だがそのなかでもひときわ背が大きく、修道服が膝までしかとどいていないのは、明らかにヴィンクラン人だ。かれのそばのテラナーらしき四名の同伴者が、まったく動かない一名を床に置いた。ラール人にちがいない。

「さがりなさい、不信心な者たち!」ウェイテルは捕虜たちをしかりつけ、かれらはうしろの壁のところまでさがった。

すると緋色の服をまとったツォッターたちがサイコドを持ってあらわれた。どうやら偽物らしい。ジェニーはサイコド特有の放射を感じなかった。だが、ペトロニアーの機械が臨在感をやわらげている可能性もある。

神官たちはサイコドを順々にかれらが崇拝する〝力のサイコド〟の前に一列に並べて

いた。さまざまなサイズの八個のレリーフと彫刻がならび、さらにまだ運ばれてくる。

十一、十二、十三。

それで終わりだった。だが、十三個めのサイコドを見たジェニーは、はげしいショックをうけた。卵形で青っぽい光をかすかにはなっている。まちがいない、テツォールの王のサイコドだ。

なぜそれがここにあるのか？　テツォールからうけとったのだろうか？　ジェニーが見まわしても、パラプラズマ存在はどこにも見えない。かれがおのれの意志に反して自分のサイコドをてばなす状況におちいったとしか考えられない。おそらく力がなくなって、非実体化したのだろう。

だがほかの者たちはどうなったのか？　アールツァバとふたりの発端者ビリアとイストリは？　なによりテクは？　ヴィンクラン人といっしょにいる男四名は、ひとりとして夫とからだつきが似ていない。

機械の前に並べられているサイコドはマルゴルの持っていたものだろう。これを手にいれるためにテクはシントとアールツァバの発端者たちと出発したのだ。サイコドが洞穴にあるのだから、かれらの計画は成功したのだろう。だがマルゴルのパラテンダーであるヴィンクラン人とラール人だけがいることを考えると、テクがまだ自由の身であるのかどうか疑わしい。

疑問は疑問を呼ぶ。だがテクがここにいないのは、逃亡できたためかもしれない。いまは迷宮のどこかをうろつき、ここでなにが起ころうとしているのか、まったく知らない可能性もある。

危険だと知りつつも、ジェニーは通信機を使って報告せざるをえなくなった。テクが聞いているかもしれない。ジェニーは、ウェイテルが大きな声で話しはじめるのを待った。

「偽物のサイコドを敬う冒瀆者たちは、〝力のサイコド〟の力を知るがいい……」

ジェニーはこのチャンスを利用した。アームバンドのスイッチをいれて口にぴったりと近づけて話す。「こちらジェニファー・ティロン。ロナルド……」

「もうここにいるよ」よく知っている声がさえぎった。声はアームバンド・テレカムではない方向からしてくる。

「テク？」ジェニーが呆然としてたずねた。

「わたしは幽霊じゃない」慣れしたしんだ声がすぐ横でささやいている。「デフレクター・フィールドで姿をかくしているのさ。あとでぜんぶ説明する」

ジェニーはテクがいると知って、言葉にはあらわせないほどほっとした。ふたりで協力すれば、この困難な状況も克服できるかもしれない。

ウェイテルがまだ演説をしているので、彼女は夫に状況を説明しようとした。

「すぐに行動しなければならないわ、テク」と、ささやく。「この機械はペトロニアーたちがのこしていったの。ツォッターの精神の堕落の原因だと思うわ。ウェイテルにサイコドをこの機械で破壊させないようにしないと」

「それじゃあ、またびんたを食らわせてやるさ」テケナーは、ぼそっといった。「だがその前に、きみは外に出たほうがいい」

6

高位神官ウェイテルは、ジェニファーが〝力のサイコド〟からはいでてきたのを見た瞬間、あまりのことに口がきけなくなった。

「あなたは仲間の女たちをたぶらかしたのね、ウェイテル」ジェニファーは仰天しているツォッターの女にいった。「これはサイコドじゃないわ。臨在感もない死んだ機械じゃない。すべてがぺてんよ。ここにあるのがほんもののサイコド。このサイコドがあなたの偶像機械を破壊するわ」

「嘘だ！　冒瀆よ！」ウェイテルが金切り声をあげる。「〝力のサイコド〟がいずれあなたたちを破滅させるわ。この偶像の数々もね」

これがテケナーにとって作戦開始の合図だった。高位神官に近づくため、途中に立っているツォッターの女数名を押しのける。押された神官たちはテケナーが見えないのでおびえて散らばり、自然に道ができた。

かれはウェイテルをつかみ、空中に持ちあげてはげしく揺さぶった。しかも轟く声でこういったのである。

「わたしは真のサイコドの力だ。サイコド信仰を否定し、先祖の遺産を汚す者はすべて罰する。おまえは民を誘惑した、ウェイテル。その罪をあがなわなければならない。おまえの偶像機械になにが起きるか、見るがいい」

テケナーはツォッターの女をそっと床にもどし、後退して距離をとった。そこからであれば障害物はない。ジェニーがわたしたブラスターをとりだして、機械に向かって発射する。長く持続するエネルギー・ビームでなめるように攻撃したので、棒の塊りの一部が燃えつきて見えなくなってしまった。

ぎらぎら光るビームがどこから出ているのかわからないツォッターたちにとって、それは超自然的な力の印象的なデモンストレーションだった。新興宗教の高位神官にあたえた効果も絶大である。

「魔法！　魔力！　魔術！」そう叫んで、修道服のすそをからげ、叫びながら逃げていく。彼女の声は甲高《かんだか》くなる一方で、テケナーは彼女がショックのあまり性変化を起こすのではないかと思ったほど。ほかのツォッターの女たちはパニックになって高位神官を追いかけている。ガリノルグとパラテンダー四名だけは、不動のまま。だがテケナーは、ツォッターの女たちのヒステリーがかれらに伝染するとは最初から思っていなかった。だから男たちの反応には驚かなかったが、予想外の出来ごとが待っていた。

「うまくやったな、テク」と、それまで身動きせずに床に寝ていたホトレノル＝タアクがいって、立ちあがったのである。「わたしもツォッターの女たちをどうやって驚かそうかと思案していた。だがきみのやり方までは思いつかなかったぞ」

「それではあなたはずっと意識があったのか、ホトレノル？」さすがのテケナーも驚いた。「麻痺状態から回復してどのくらいになる？」

「かなりの時間さ。わたしの背後の構造物のなかでなにが起きているかはわかっていた」と、ホトレノル＝タアクはいって、ジェニファーに向かっておじぎをした。「ご主人とまたいっしょになれてよかったですな、ジェニー。あなたたちふたりを保護できたら、ボイトもよろこぶでしょうて」

「そうはいかないぞ、ホトレノル」デフレクター・フィールドにかくれているテケナーがいった。「わたしはまだ指を引き金にかけている。あなたがわたしの捕虜であることにかわりはない」

「見ろ！」パラテンダーのひとりが叫び、ペトロニアーの機械をさししめした。「棒の赤熱《せきねつ》がひろがっている。ビームが命中したところから連鎖反応が起きているみたいだ」

テケナーは最初、男が注意をそらすためにそういったのかと思った。だが横目で見るとそれはほんとうだった。命中個所から音もなく火が拡散し、それが構造物の材料を食べつくしているように見える。支柱がゆっくりと前方にかたむき、火花を散らしながら倒れていく。残骸は崩壊し、瓦礫《がれき》もほとんどが溶けてしまった。

「サイコドを安全な場所に運べ」と、テケナーは命令した。「瓦礫と接触したら、崩壊プロセスが伝染してしまうかもしれない」

パラテンダーたちは、テケナーの命令にしたがおうとはしなかった。だが、ホトレノル＝タアクがいった。

「そうするんだ……ボイトのために。サイコドはかれの合法的な所有物だ。いったんこの部屋から出し、ようすを見よう」

ようやくパラテンダーたちが動きだした。ガリノルグ自身もサイコドを持ちだすてつだいをしている。ジェニファーは壁に背を向けて立ち、パラライザーをホトレノル＝タアクに向けている。テケナーもブラスターをパラライザーと交換した。ラール人から一秒たりとも目をはなさなかったのは当然のこと。かれ自身が見えないのは利点だが、だからといって安全が保障されているわけではない。

「われわれ、ここから出られるか調べてみないと」と、テケナー。「拡散した残り火がエネルギー源までひろがれば、爆発が起きるかもしれない。われわれはもちろんいっしょに行動する、ホトレノル。サイコドの輸送にあなたが必要だからな」

「なぜあきらめないんだ、テク？」ラール人がしずかにいった。「ボイト・マルゴルがすでに近くにいるのがわたしにはわかる。かれのパラテンダーたちはもう山にはいっているかもしれない。きみはこの優勢に対抗できない。自発的にわれわれの側につきたまえ。パラテンダーのなかでも特別な地位をもらえるだろうから」

「わたしはマルゴルに対するプシ親近感を持っていない。免疫があるんだ」テケナーは答えた。「同じことが妻にもいえる。マルゴルは自分に隷属しない者は生かしておかない。わからないのか、ホトレノル、われわれにはほかに選択肢がないのだ。さ、仲間たちのところに行きたまえ」

ラール人が部屋から出ると、テケナーはジェニーのところへ行った。

「姿を消したまま、輸送手段を探しにいってくる」と、だれにも聞こえないように小声で妻にいった。「ホトレノル＝タアクはわたしがいなくなったのに気づかないだろう。だからなにかをしようとはしないはず。だが、充分に注意するんだぞ」

「わたしひとりでも、この状況を切りぬけられると思うわ」ジェニーが保証する。「でも早く帰ってきてね。ペトロニアーのサイコド・キラーが爆発したりしたら、逃げなければならないから」

テケナーは彼女にすばやくキスをして、わき道へ消えた。蛍光キノコの光で床一面に緋色のケープが散乱しているのが見える。すくなくともツォッター新興宗教の脅威は去った。ウェイテルと彼女の神官たちはどこにも見えない。

考えていたのとは、まったく違う展開になってしまったもの。アニマ居住地で、サイコドの扱いをこころえている発端者たちとおちあい、あわよくばテッォールが実体化する手助けをしてもらおうと思っていたのに、妄信的なツォッターの女集団と出くわしてしまったのだから。

テケナーは、テッォールぬきでは先ツォッターのためにどう行動したらいいのかわからなかった。かれにできるのは、サイコドをマルゴルから守り、シントがふたたびあらわれてくれるのを祈ることのみ。だが、テッォールがマルゴルを打倒する方法を知っているのかどうかはわからない。万全と思われたかれらの計画はふいになってしまった。しかもかれにはとっさの機転で行動できるほどの知識はないのである。

こうした状況を考えると、ホトレノル＝タアクの提案にのるとみせかけ、マルゴルに近づくのも一案だ。しかしネガティヴ・ミュータントを殺すのは、のぞましい方法ではない。

テケナーは壁でかこわれたセクターの終わりにきた。その向こうには自然の岩でできた洞穴がある。かつてここはレアンダーの精神文化の拠点だった。いまではツォッターの女たちがひきこもり、伝統を誤って理解して自分たちの顔をかくして暮らしている。なんと異様で悲劇的な運命だろう！

目の前にある洞穴の暗闇から、物音が聞こえてきた。足音と声だ。巨大なエルトルス人のような、地面を強く踏む重い足音。だが、声はエルトルス人には似つかわしくない。

洞穴のカーブの向こうが明るくなり、反対側の壁で光が踊っている。テケナーは岩の割れ目にむりやりからだをつっこみ、パラライザーをかまえて待つ。

　物音が近づき、物音の主がかれと同じ高さまでやってきたとき、三名の人影が見えた。戦闘服の男二名。そのあいだにいる三人めは頭ひとつぶん背が高く、痩《や》せていて、華奢といっていい。ヴィンクラン人かテクヘターか……ドオムヴァルじゃないか！

　テケナーは通りすぎたのがほんもののテクヘターだと、すぐわかった。

「サイコドはどこにあるんだ？」ドオムヴァルの左にいる戦闘服の男が質問している。パラテンダーだ。まちがいない。マルゴルの戦闘部隊がすでに山の内部で配置についているというのは、ほんとうだった。

「それほど遠くない」ドオムヴァルがいった。

「もしもおまえが嘘をついていて、サイコドのかくし場所を知らなかったら……」右のパラテンダーはそれ以上いわなかったが、明らかに脅迫している。

　テケナーはかくれ場を出た。三名の姿は投光器の光をうけてくっきりと浮かびあがっている。パラテンダー二名は保護ヘルメットをかぶらず、エネルギー・バリアも使っていない。完全に安全だと思っているのだろう。それはそうだ。数百名、いや、数千名の戦力をもつパラテンダーを前にして、ツォッターになすすべはない。

　テケナーはパラライザーでねらいをさだめ、右側のパラテンダーの頭を照準器にとらえると、発射した。直後にもうひとりにもパラライザーをお見舞いする。ドオムヴァルは見張りたちが倒れるのを見て、驚いて立ちつくしている。

「どうしたんだろう……?」と、つぶやく。

「大丈夫だよ」テケナーは声をかけ、ドオムヴァルに姿が見えるようにデフレクター・ジェネレーターのスイッチを切った。

「テク!」意外な展開にテクヘターはすっかりよろこんでいる。「なぜ急にあらわれたんです?」

「それはこっちがききたいよ」テケナーが切りかえした。「任務をはたしたのか? きみの知らせに反応はあったかい?」

「それどころではありません」ドオムヴァルが答えた。「ミュータント三名、ホワッァーとヴァピドとテル・ゲダンが艇内のわたしのところにきて、いっしょにツォッタートラクトに飛行しました」

「なんて幸運なめぐりあわせなんだ」テケナーはよろこんだ。「これ以上のことは望めないな。急に形勢が変わってきたぞ。かれらはどこにいる?」

「よろこぶのは早計です」と、ドオムヴァル。「あなたに警告を出すために、わたしは三人からはなれました。あなたの計画にそぐわないよからぬことをたくらんでいますよ。わたしが聞いたかぎりでは、テツォールのサイコドをねらっているようで。それをボイト・マルゴルに贈るつもりなのです」

「信じられないな」テケナーの声はうつろだった。

麻痺させたパラテンダーの戦闘服を見たかれは、ある決断をしたのである。

＊

「ブラン・ホワツァー！」ジェニーは仰天して叫んだ。小柄でごついガイア・ミュータントがわきの通廊からあらわれたとき、幽霊が目の前にいると思ったほどである。ダン・ヴァピドとエアウィ・テル・ゲダンの登場には、もう驚かなかった。三人のうちのひとりがいるところには、ほかのふたりもかならずいるからである。

「われわれ、ほんものさ、ジェニファー」と、ホワツァー。かれらしくないまじめな顔で、再会のよろこびも感じられない。エアウィ・テル・ゲダンもいつもの陽気さがない。ホワツァーがつづけた。「残念ながらゆっくり説明する時間はないのでね。われわれ、行動しなければならない。サイコドはどこだ？」

ジェニーはアーチ型の門をさししめした。

「サイコドはこのドームにあるわ。でも気をつけて、パラテンダーが監視しているから」

「かれらのことなら大丈夫だ」ホワツァーはそういって、ドームにはいっていく。

　ジェニーがかれにつづこうとすると、エアウィ・テル・ゲダンが制止して、「ここにいて、ジェニー」といった。「わたしたちにここはまかせて」

「どういう意味?」ジェニーは怪訝《けげん》な顔でダン・ヴァピドを見た。だがかれの表情は石のように動かない。ふたたびエアウィ・テル・ゲダンを見てたずねる。「自分たちの裁量で行動したいということ? 事情がわかっているの?」

「情報はある」と、ダン・ヴァピド。「ドオムヴァルがすべて話してくれた」

「あなたの超心理能力はだれのおかげなの?」ジェニファーがたずねた。

「やっとわかったのよ」と、エアウィ・テル・ゲダン。「わたしたちには、特別な任務があるって。これまではそれをきちんとこなしてきたとは、とてもいえないわ。ぜんぜん役にたっていなかったということ。それを変えなければ」

「だからって、これからも協力できないわけじゃないでしょ」ジェニーが応じた。「よくわからないわ」

　エアウィ・テル・ゲダンはため息をついて、

「ダンが現在の状況を分析したの。それで、わたしたちの存在を正当化できる方法はたったひとつという結論に達したわけ。あなたとテクはわたしたちと同じ道を行くわけにはいかない。テラナーでLFTのために活動しているからよ。自分の種族の利益しか眼中にないのはもっともだけど、わたしたちはプロヴコン・ファウストの出身なの」

「つまり、ツォッターたちの利益を守りたいという意味ね」と、ジェニファー。「でも、あなたはドオムヴァルの報告を聞いたのだから、わたしたちがテッォールとなにをとりきめたか知っているわね。かれのために行動しているのよ」

エアウィ・テル・ゲダンはかぶりを振り、

「でもわたしたちほど徹底してはいないわよ」

「どうするつもりなの？」とたずねたジェニファーは、胸騒ぎがしていた。

「あなたがわたしたちのやり方を容認できないのは、はっきりしている」と、エアウィ・テル・ゲダンはいって、突然ブラスターをジェニファーに向けた。「ボイト・マルゴルのところにサイコドを持っていくつもりよ。サイコドはかれとわたしたちのものだから。そのことがわかったの」

ジェニファーはガイア・ミュータントに壁まで押しやられた。とても抵抗できるような状態ではない。エアウィ・テル・ゲダンの行動が彼女には理解できなかった。

反対側のアーチ型の門にブラン・ホワツァーがあらわれた。王のサイコドを持っている。そのうしろにはホトレノル＝タアク、ガリノルグ、そしてほかのサイコドを持っているパラテンダーたち。

「マルゴルは、われわれが貴重な品々をプレゼントすれば、よろこぶだろう」と、ブラン・ホワツァーはいい、手のなかの卵形のサイコドをじっと見た。それからジェニーを見て、「精神のつながりが血のつながりよりも強くなったのさ」

そういって、かれは背を向けた。

「あなたはついてこないで、ジェニー」と、エアウィ・テル・ゲダン。「ホトレノル＝タアクはマルゴルの名においてブランに約束したわ。あなたとテクは自由に出ていっていいって。これ以上出しゃばらないなら、という条件つきだけれど」

「あなたがしているのは、卑劣な裏切りよ、エアウィ」ジェニーが弱々しくいった。いま現実に起こっていることが、まだ信じられないのだ。

「あなたには理解できないわ、ジェニー。千年たってもね」

それが両者のあいだでかわされた最後の言葉だった。ジェニファーは殴られたように立ちつくしている。ボイト・マルゴルをあれほどはげしく憎悪していたガイア・ミュータントが、突如としてその同じ相手にひきつけられるなどということが、あっていいのだろうか？

轟音がしてジェニーはぎょっとなった。ペトロニアーの機械がある方向だ。音はますます大きくなり、床を振動させている。いますぐに爆発が起きてもおかしくない。爆発の中心からできるだけはなれるために、ジェニファーは走りはじめた。

後方で笛のような音が大きくなってくる。なにか大きな飛行物体がこっちに猛スピードで向かってくるような感じだ。振りかえると、戦闘服を着用した二名が突進してくるではないか。次の瞬間、たくましい腕につかまれて持ちあげられた。彼女はさらわれたのである。

自分の左側で彼女はテクのゆがんだ笑顔を認めた。右側はドオムヴァルだ。かれはこんな方法で移動するのはあまりうれしくないらしい。急に轟音が高まって、城全体を揺るがすようなにぶい爆発音になった。すさまじい音が伝播していく。振動がおさまってから、ようやくテケナーとドオムヴァルがパルセーター・エンジンを切って、ジェニファーを降ろした。

「なんとか間にあってよかった」と、ドオムヴァル。

「いいえ、遅すぎたわ」とジェニーは応じて、ガイア・ミュータントたちがサイコドを持ってマルゴルのところに向かっていることを伝えた。

「われわれにのこされた道はひとつ」テケナーがいった。「獅子の穴におもむくことさ」

「マルゴルの旗艦に、ということ?」ジェニーがきいた。「どうやって?」

「戦闘服二着があるから、パラテンダーにまぎれこむのさ」

「でもわたしたち、三人よ」

「どっちみちこれはわたしにはちいさすぎる」と、ドオムヴァル。「あなたのほうがあうよ、ジェニー。わたしはツォッタートラクトでなんとかやっていけるから」

かれが戦闘服を脱ぐのをてつだい、その服を着たジェニーは、ツォッターの女たちが壁で囲いこんだシフトのことを思いだす。シフトを使うようにという彼女の申し出を、ドオムヴァルはうけた。

壁でかこんだ洞穴を探すのはかんたんだった。賢明なジェニーが探知信号を出したままにしておいたので、方向が特定できたからである。テケナーがシフトを通すのに充分な大きさの穴を壁に開けた。

その作業が終わった直後、一斉通知が聞こえてきたのである。

「全員艦内にもどれ！　作戦は終了した。全員……」

ジェニファーとテケナーはテクヘターと別れた。

「マルゴルに借りを返したら、ツォッタートラクトに迎えにくるからな」テケナーは妻と出発する前に、テクヘターに約束。

ふたりは反重力装置で飛翔し、垂直シャフトに集まっているパラテンダーの集団のところへ。かれらは五秒の間隔でシャフトにはいり、パルセーション・エンジンの音をたてながらなかに消えていく。

テケナーは妻に合図し、ふたりはパラテンダーにまぎれこんだ。ひっきりなしにほかのパラテンダーがやってくる。ジェニーはそのなかに女もいるのを確認し、安心した。

順番がくる前に、テケナーは妻にささやいた。

「はぐれてしまったら独力で〝あいつ〟に接近するんだ。われわれは失うものなどないのだから」

ジェニーはうなずいた。テケナーの前にシャフトにたち、五つ数えてからパルセーションン・エンジンに点火する。吸いあげられイオン化された圧縮空気は、スタート時には遅延して噴出するので、彼女はゆっくりと浮上し、それから徐々に加速した。呼吸しにくいほど加速した段階で、ヘルメットを開けっぱなしだったことに気づき、あわてて閉める。

シャフトは充分なひろさだったので、多少コースからそれても岩にぶつかる危険はなかった。それでも暗闇から外に出たときはうれしかったもの。

ツォッタートラクトはもっとも平穏な一面を見せていた。夜で空は緋色に染まっている。この色はウェイテルの新興宗教の色でもある。いまやウェイテルはツォッターの男になり、忘れさられているかもしれない。アールツァバ＝アールツァバンやほかの者たちはどうなったのだろう？　彼女とテクは情報を交換する時間がなかった。ジェニーはアイテリやそのほかのツォッターの母たちが、パラテンダーに悩まされないようにと念じている。自分自身も女だから、ヴィルナ・マルロイが当時経験しなければならなかった苦労がわかるのだ。

ボイト・マルゴル！

居住山地の麓《ふもと》にかれの宇宙船があった。巨大な球型艦で、二十四のテレスコープ着陸脚の上にそびえている。なんと威厳があるんだろう。艦名は大きな文字で外被に書かれているので、遠くからでも肉眼で読める。《ムーンビーム》……〝月光〟だ。

穴だらけの山のあちこちからパラテンダーが飛翔して出てくる。全員が《ムーンビーム》をめざしているさまは、誘蛾灯に集まる蛾のようだ。だが、かれらはそこで焼かれてしまうのではない。ボイト・マルゴルに対するプシ親近感から新しい力をためこむのである。

ジェニーの隣りに人影が出現した。飛行しながらこうべをめぐらせ、それがテクだと確認する。ジェニーは距離をたもつようにとかれに合図した。ほかのパラテンダーたちは、それぞれがひとりで超弩級戦艦をめざしている。二人組がいれば、いやでも目だってしまう。だがテクは彼女に投げキスをして笑っている。まだUSOスペシャリストだったころ、つまりジェニーが生まれる数百年前だが、かれは〝スマイラー〟と呼ばれていた。その笑顔をまだ忘れていなかったらしい。こんなにむずかしい局面なのに。かれはだれとも違う。ジェニーはそんな夫を愛していた。

テクは旋回し、速度をあげて彼女の前に出た。《ムーンビーム》はすでにかなり近づいている。通信を通じて指示が出ないのが奇妙に感じられた。パラテンダーたちは自分の所属を知っているのだろう。全体に規律と秩序があり、ジェニーは昆虫国家のことを思いだした。彼女とテクだけがそこに属していない。よそからきたアリは、巣のにおいがしないために仲間に食べられて死んでしまうという話を思いだし、ぞくりとした。なぜそれを思いだしたかというと、テクにつづいて開いている人員用エアロックにはいっていく自分が、巣にはいっていくアリのようだったからである。

テクは着地し、その人員用エアロックに消えていった。ジェニーもつづき、すでにパラテンダー九名が立っているエアロック室へはいる。彼女のうしろにも一名がつづいた。女だ。十二名で満員となり、外側エアロックが閉まる。空気がエアロック室に送りだされる。グリーンの光。内側ハッチが開く……どれもいつもならとくに意識しない手順である。通常のルーチンだが、彼女の五感は緊張していた。

長いまっすぐな通廊は司令室に直結しているらしい。パラテンダーたちはその通廊を通り、順に左か右の側廊にはいっていく。テクがあるパラテンダーにつづいて左の通廊にはいろうとすると、その男はてのひらで制止した。ストップ！　無言のしぐさはジェニーにもわかった。〝おまえのにおいはこのセルのにおいじゃない！〟

さらに先へ進む。左右からパラテンダーが出てきて主通廊のかれらと合流し、しばらくするとまたほかの側廊に消えていく。

テクはふたたびわきに曲がろうとした。ストップ！　超重族のみかげ石のような拳骨がかれを阻止した。さらに進む。通廊には終わりがないらしい。テクは右に曲がった。

ストップ！　そこはおまえの居住セルじゃない。

ジェニーはいらいらしてきた。宿舎が見つからなければ、そのうちにひろい通廊にふたりだけになってしまう。だがテクは制止の指示を守り、迷うことなく前に進んでいる。自分のセルがどこにあるか知っていて、目標に向かってきびきびと歩く者のように。だが向きを変えると……また、阻止された。ああ、いったいどうなるのだろうか？ふたりはあるハッチに近づいた。開いている。その向こうには艦内の内側セクターがあるらしい。マルゴル！テケナーは毅然とした足どりでハッチに近づく。そのかれが停止した。

ハッチに人影があらわれたのである。ラール人だ。ホトレノル＝タアク！　かれは訳知り顔でふたりを見ている。

ゲームは終わりだ。さすがにテクにもわかったもの。ジェニーには、戦闘服のなかでかれが肩をおとしているようすが見えるようだった。

テクの足どりがのろくなる。いまさら急いでもなんの役にもたたないからだ。ぶらぶらしている閑人のようにかれは監獄に向かっていった。

ジェニーも抵抗せずにかれにつづく。緊張がほどけ、彼女は大きく息をした。

〈そうよ、それでいいのよ、ジェニー〉

7

「作戦は満足のいく結果に終わった！」ボイト・マルゴルは艦内放送で告げた。

かれはサイコドがある大きな貨物室にいて、乗員全員が放送を聞いていると知っている。パラテンダーが五千名。それにごく少数の〝その他の者〟である。

マルゴルは最初の大きな目標、つまり現存するすべてのサイコドを自分のところに集める作業を完遂した。王のサイコドはこれでぜんぶのはず。王のサイコドすら手にはいったのだから。王のサイコドはほかの大きなパラプラズマ構造体にくらべるといかにもちいさく、みすぼらしい。だが、サイコドで重要なのは臨在感であって、サイズではない。

王のサイコドは先ツォッター芸術作品のなかでも傑出した存在だ。その放射はほかのすべてのサイコドをいっしょにしたよりも強い……もっとも、かれが頸にさげているアミュレットは例外だが。自分のアミュレットと王のサイコドは同じ波動を出しているような気すらする。どちらも個別の臨在感だが、メッセージの内容がたがいに同調しているように似ているのである。

それほど前の話ではないのだが、かれはサイコドをプシオン充填しなければならないと思っていた。そうすればサイコドがかれの使者となり、パラテンダーをつくりだせる。いまのかれはその逆で、サイコドによって充填されている。そのなかには没落した種族の知識と先ツォッターの偉大な精神の力とが記憶されている。この精神的な財産を吸収し、みずからが全能者になろうというのだ。

すでにサイコドの効果が感じられる。サイコドの力がとぎれのない流れとなって注ぎこんでくる。かれはすっかり陶酔状態におちいった。

これが真の力だ。

重要なのは、一定数の知性体を支配し、その力を借りて銀河の一種族または全種族を制圧することではない。創造という行為そのものを制御できるエレメントを手にすることこそが重要なのである。そうすれば事象の本質を変え、あらゆる存在をしたがわせる〝自然の法則〟をつくりだせる。その知恵は王のサイコドがアミュレットと複合的に作用してかれに教えてくれるだろう。

だが、完璧を期すための最後の階段をのぼりつめる前に、ちょっとした用事をかたづけなければならなかった。《ムーンビーム》はまだ先ツォッターの居住山地の麓にいて、乗員はかれの命令を待っている。かれらにはもうすこし待ってもらわねばならない。だが、長く待ってくれたかれらには、奇蹟を起こすというかたちで報えるはず。

そのとき、ぼんやりと思いだした。ロクティン＝パルに命じ、艦隊とともにプロヴコン・ファウストを出発し、星間物質カバーの外に出て待つようにいったことを。いくらなんでもそろそろ《ムーンビーム》で艦隊とおちあわなければならない。パラプラズマ球体を飛行するのは、かれのいわば修了試験だ。それは宇宙のエレメントと精神化した先ツォッターの未制御プシ・エネルギーに対するかれの勝利となるはず。真空案内人の助けを借りずにパラプラズマ球体を《ムーンビーム》で駆けぬけるのだ！

王のサイコドの幸先《さいさき》のよい放射が、かれに自信をあたえた。これが精神を完全なものにするプロセスの第一歩となるだろう。

臨在感がかれにますます強力に作用してきて、興奮がつのる。だが、この陶酔状態は感覚を麻痺させるのではなく、むしろ鋭敏にするのだった。前よりも明晰に考え、くっきりと見て、はっきりと感じられる。おのれの精神の容量が増え、プシオン能力が文字どおりかれのからだの枷《かせ》をうち砕くような感覚だ。かれの精神の大きさは、みすぼらしい肉体とはくらべものにならないほど。

マルゴルはいまや力の集中体だ。つまり、ほかのすべてのサイコドを一身に集めたサイコド、あるいはスーパー・パラプラズマ存在だということ。あらたに再生したような、言葉であらわせない体験である。これまでの九十五年間は、サイコドの魔術的影響圏にいる数秒とくらべようがない。

永遠にも感じられる時間が、じつは数秒にすぎないことをかれは知っている。浄化されて再生し、まったく新しい個性を得た感じがする。生まれかわって、べつのボイト・マルゴルになったのだ。

プシオン精神シャワーを浴び、ようやくかれは日常の些末事《さまつじ》にかかわる準備ができた。おのれの宝庫にあるサイコドを未練たっぷりにもう一度見やってから、司令室に向かう。

そこにはすでに全員が集まっていた。華々しく登場する場面の観客、あるいは証人となってもらうためにかれが集めたのである。いあわせた者たちの多くは、そこにあるプシ親近感のよるかれの変化を体験しなければならなかった。パラテンダーたちが若干動揺しているのを、マルゴルも感じた。その変化をどうとらえていいのか、わからないのだろう。プシ親近感をいだいていない少数のアウトサイダーたちは、おそらくなにも感じていないはず。どうでもいいことだからである。かれらはマルゴルの宇宙にあっては異物なのだし、いっしょになる気がないのなら除外するまでのこと。かれらを味方につけようと汲々《きゅうきゅう》とする必要はない。

「すべては成就した」と、マルゴルは漠然といいはなった。それからひとりの男に気づき、食いいるように見つづける。男はアミュレットを見て放心状態におちいったふりをしていたが、じつはアミュレットに感応しない。この男は免疫をもっているので、プシ親近感をまったくしめしていなかった。

「きみを亡き者にしてやろうか、ロナルド・テケナー?」マルゴルはさらりとたずねた。「たんなる修正のようなものだがね。きみはこれまでどっちみち死んでいると思われていたのだから。すでに認められていた事実をあとづけるにすぎないが」

「どうぞ、マルゴル」テケナーは挑発的にいって、相手の目を見かえした。

マルゴルはかれに背を向け、横にいる妻を見た。目にもとまらぬ速さで彼女の頸をつかみ、鎖にさげた細胞活性装置をとりだす。彼女はぴくりともしない。テケナーの顔には緊張が走ったが、自分の衝動をおさえるだけの自制心はもちあわせていたので、なんとかがまんしている。

マルゴルはジェニファー・ティロンの細胞活性装置を品定めするように手のなかで揺すっている。

「あいにくだが、このすばらしい品をとりあげなければならない、ジェニファー・ティロン」それから彼女のうしろにいるラール人に突然目を転じ、「この細胞活性装置をつける候補者が何人かいるのだ。だがおまえはその候補者ではない、ホトレノル＝タアク。断じて!」

「罪をおかしたつもりはないが、ボイト」と、ラール人。「わたしがしたことはすべてきみを助けるため。わたしがいまも前と変わらず恭順の意を表しているのがわからないのか？」

「きみの行動は、プシ親近感をもはや信用してはならないとわたしに教えてくれたよ、タアク」マルゴルが答えた。「サイコドを盗もうとしたな。なんのためだ？　わたしのような権力をもち、わたしと肩を並べるためか？　きみは賢いな、タアク。パラプラズマ芸術作品にどれほどの力が眠っているかわかったのだからな。きみは賢すぎたのさ、タアク！」

マルゴルはふたたびジェニーのほうを向いた。最近では、話のテーマと話し相手を急に変えて、相手を煙《けむ》に巻くのがかれの好む常套《じょうとう》手段なのである。

「不死性が消えていくのはどんな感じか、認識してもらおうじゃないか、ジェニファー・ティロン」

「あなたは狂っているわ、マルゴル」と、ジェニー。

「そもそも狂気とはなんだ？」かれは不機嫌そうに問いかえした。自分が偉大になったと思っているので、自意識が強くなっているのである。「狂気というが、それは〝精神性の高まり〞を意味するまちがったいい方ではなかろうか。だが、きみには話が高邁《こうまい》すぎるかもしれん、ジェニファー・ティロン。では、こうしよう。きみはしばらく細胞活性装置を持っていてもいい。きみもテケナー同様に、わたしの偉大なる勝利の目撃者になってもらわないとならないからな」

女はそれにまったく反応しない。マルゴルは、沈黙によってみずからが強くなったように錯覚するという〝弱者の権利〟を彼女に認めた。

「わたしが狂っているというが、きみたちも同意見かな、ブラン？」マルゴルがたずねた。ガイア・ミュータント三名に向けた質問だが、マルゴルは年長者でスポークスマンでもあるブラン・ホワツァーを見ていった。

「いや、ボイト」と、過去センサー。「われわれ、これまでは誤った道に導かれていたきみが、変わってきたと感じている」

「なぜ意見が変わったんだ、ブラン？」マルゴルがたずねる。

「状況がきみにとって有利になったということだ」と、ホワツァー。「われわれには予測できない変化がはじまっている。それに、きみに敵対する行動は誤りだとわかった。敵対するのではなく、支援すべきだと。われわれはきみのものだ、ボイト。王のサイコドを贈ったのは、忠誠のあかし。きみこそこのサイコドの合法的な所有者であり、このサイコドにふさわしい唯一の存在だ」

「やっとわかったようだな」ボイトは、死すべき者の凡庸な考え方に逆もどりしているのを恥じもせず、「その支援とやらが、きみたちにとって逃げ道のない状況からきているというのが玉に瑕《きず》だ。おのれの存在がおびやかされるという不安があるのかな？」

「われわれの行動の背景に私利私欲はない」ホワツァーが主張する。「これまではまちがっていたとわかっただけだ。だが、きみも多くの誤りをおかした。それをわれわれは不幸な状況の連鎖とみている。いまはすべていい方向に転じたものの」

「なるほどそういうことか、ブラン」マルゴルは、すでにガイア・ミュータント三名の隣りにいる大柄の痩せた男にからだを半分向けながらいった。「じゃあ、きみはどう思う、ガリノルグ？　わたしが《ムーンビーム》を案内してパラプラズマ球体を飛行できると思うか？」

「むずかしいでしょうな」ヴィンクラン人がいった。

「そうではないことを証明してみせる！」マルゴルが激怒してどなる。ヴィンクラン人が反論するのはめずらしいので、以前のマルゴルにもどってしまったのだ。「わたしは《ムーンビーム》をプロヴコン・ファウストから出してみせる。無数のヴィンクラン人がいねむりしてもできるようなことを、わたしができなかったら笑われてしまうわ。わたしはパラプラズマ球体の先ツォッターと直接つながっているのだぞ、ガリノルグ。かれらがわたしを導いてくれる」

ガリノルグは沈黙した。かれのかわりにホトレノル＝タアクが口を開き、

「むちゃはやめろ、ボイト」と、説得した。「危険が大きすぎる。それにいちばん大切なのはきみの生命だ。案内はヴィンクラン人にまかせろ。それがかれらの仕事なのだから」

「艦内に真空案内人がひとりもいなかったらどうする？」マルゴルが待ってましたというようにたずねた。「それでこの飛行にはあえてだれもつれてこなかった」

「ガリノルグがいる」と、ホトレノル＝タアク。

「ああ、そうだったな、ガリノルグが」マルゴルがいった。「この裏切り者に、飛翔宇宙服を着せ、エアロックから放りだせ！」かれはそう命令し、パラテンダーがヴィンクラン人をつれだし、周囲の者が驚愕して見ているのを、満足げにたしかめている。「これで艦内にはヴィンクラン人はひとりもいない。わたしが《ムーンビーム》の案内人になるほかに選択肢はないというわけだ」

＊

ボイト・マルゴルは馬蹄形《ばていけい》の司令コンソールにおもむき、副操縦士席にすわった。グリーンの髪と日焼けした皺だらけの顔のテラナーの艦長がかれの右にすわっている。

「スタート」ボイト・マルゴルが命じた。「自由空間ではわたしがこの戦艦をひきうける」

艦長は命令を伝達。それから数分間、司令室にはなんともいえぬ沈黙がただよったもの。乗員たちは指示をささやき声でひそひそ伝えるか、理解することそのものをやめてしまった。

お葬式みたい、とジェニファー・ティロンは思った。わたしたち全員の葬式だわ！

「わたし、パラテンダーを観察したんだけど」彼女は夫にささやいた。「だれひとりとして、マルゴルの決定に同意していないみたいよ」

「ひょっとするとまた反乱が起こるかもしれん」と、テケナー。だがその口調から、冗談でいっているのがわかる。パラテンダーはいかなる状況でも完璧にマルゴルにしたがうからだ。かれはつけくわえた。「雰囲気をあおることはできるかもしれない」

「やめたほうがいいわ、テク」ジェニファーがいった。「まわりを見てごらんなさい。わたしたち完全に監視されているわ。パラテンダーたちはこっちに武器をかまえている」

ふたりにはそれぞれ二名の護衛がついていて、背後で安全装置をはずしたブラスターをかまえている。周囲でなにが起こっても、注意力が散漫になったりしないだろう。

「われわれ、軌道に乗っています、ボイト」と、艦長が告げた。「操縦しますか？　サート・フードをつけたほうがいいと思いますが。命令インパルスをあっという間に実行メカニズムに伝えられますから」

「いい考えだ」マルゴルはいった。その直後、銀色に光るヘルメットがかれの頭の上におりてきた。マルゴルはシートをチェックし、機能を点検。だが、まちがった命令インパルスをポジトロニクスに伝えたらしい。司令室がはげしく振動したからである。数秒間にわたって重力が増し、加速圧吸収装置が自動的に作動。全周スクリーンを見ると、目の前の星間物質の壁がまるで爆発しているようだ。

「そんなに唐突な操作をしないでください、ボイト」艦長が忠告する。「もっと高密度のゾーンでそんな無謀な操縦をすれば、《ムーンビーム》は粉々になってしまいますよ。それにハイパーエネルギー性乱流が……」

「わたしはそんな危険なゾーンは回避できる」マルゴルは憮然として答えた。「どんな真空案内人よりもたくみに、星間物質カバーのあいだの飛行通廊を発見できるさ」

理性を完全に失っている、とジェニーは考えた。病的な自信過剰におちいっているマルゴルは、もはや自分の能力の限界がわからないにちがいない。だれも制止しなかったら、全員を死に追いやってしまう。だが、マルゴルに対抗するほどのイニシアティヴをとれるパラテンダーがいるだろうか？

ホトレノル＝タアクだ！

彼女はラール人を見た。落胆しているらしい。マルゴルのもとへの帰還がこんな結果になるとは、思ってもいなかったのだろう。それくらいのことは心理学者でなくてもジェニファーにはわかる。

ロナルド・テケナーも同時に似たような考えにふけっていた。ただ違うのは、かれが自分の考えを黙っていなかったことである。なにか行動しなければならない、と考えていたのだ。

「お願いがあるのだが、ホトレノル」と、かれは背中に銃を突きつけられているのに、二歩ほど前に出てラール人に話しかけた。「われわれ全員が、マルゴルが《ムーンビーム》で暗黒星雲を飛行するのは無理だと知っている。だが、かれを正気にもどせるのはあなただけだ」

「勘違いだ、テク」ホトレノル＝タアクが答えた。「ボイトはわたしになどけっして耳をかたむけない。わたしをもう信頼していないからな」

「かれが聞く耳を持たないなら、むりやりでもいいから」テケナーが迫る。「あとであなたに感謝するだろうよ。かれの命を救ったことになるからな」

「いいや、テク」と、ホトレノル＝タアク。その口調は、これでおしまいだといわんばかり。

ラール人はもうこらえられなかった。マルゴルに勘当されることに耐えられなかったのである。どのような事態が一同を待ちうけていようと、マルゴルの意志に反して行動することはできないだろう。マルゴルがどんな状態かは、もちろんわかっている。だがその一方で、マルゴルが正気に返るためには、独力で案内人の役割をはたしきるしかないとも思う。他人の助けをうけいれられる状態ではないのだ。

マルゴルが《ムーンビーム》を星間物質のないゾーンに向けようとし、そのたびに失敗するのを見るのはつらかった。超弩級戦艦はくりかえし危険な乱流にはいり、振動する。こうした危機的な状況で自動的にHÜバリアのスイッチをいれる自動安全装置がなかったら、宇宙艦はとっくにパラプラズマ球体の暴力によりずたずたになっていただろう。こんな状態で長くもつはずがない。

マルゴルはサート・フードをつけたまま、完全にとほうにくれていた。経験を積んだ航法士ではないホトレノル＝タアクですら、マルゴルが無意味な操船をしているとわかる。《ムーンビーム》のコースは、マルゴルの精神の動揺と同じようにめちゃめちゃだった。飛行ダイヤグラムがマルゴルの思考の混乱をそのまま反映している。

「もうだめだ」ホトレノル＝タアクがいった。マルゴルに嫌われたら、生きていくことになんの意味があるだろう。いろいろあったがかれはマルゴルを強く愛していて、この世の果てまでついていくつもりだった。たとえ破滅の道であろうとも。

この不幸を招いた張本人がだれかわかった。マルゴルにのこりのサイコドをこっそりわたしたガイア・ミュータント三名のせいだ。マルゴルが破滅状態におちいったのは、あのあとではなかったか？　まるでサイコドの臨在感によって虚脱してしまったようだ。

「もっと早く気づくべきだった」ラール人は考えを口に出していった。あの三名がマルゴルののこりのサイコドをとどけると申しでたときに、なぜおかしいと気づかなかったのか？　「あのときにやめさせせればよかった！」

「なんの話だ、ホトレノル?」ロナルド・テケナーがたずねた。

「きみの友にたずねたまえ、テク」ラール人はいった。「ブラン・ホワツァーとふたりの仲間の芝居がまだ見やぶれないのかね？」

ジェニファー・ティロンにもタアクの声は聞こえた。彼女はすでにその前にエアウィ・テル・ゲダンに接触していたのである。タアクと同じような疑念をいだいていたからだ。

「困ったことになったわ」ジェニーはエアウィにいった。「《ムーンビーム》の状況は悪くなる一方よ」

「マルゴルがそう望んでいるのよ」彼女はそういって、ジェニーの視線をかわした。

「かれの自由意志なのだから」

「でもその気にさせたのはあなたたちじゃないの」と、ジェニー。「だんだんあなたたちの考えていることがわかってきたわ。マルゴルにサイコドをわたして、自分は無敵だと思わせたでしょう。時空のあるじで、宇宙を意のままにできるマスターだと」

「事実、ボイトはプロヴコン・ファウストのあるじよ」と、エアウィ。できればこの話題はもう終わりにしたい。これ以上話すと危険だ。うかつな発言をすれば、すべてが最後の瞬間におじゃんになってしまう。真実をかぎつけたのなら、なぜジェニーは黙ってくれないのだろう！　そのほうが自分のためでもあるのに。

「あなたたちはそうやってマルゴルを死に追いやりたいのね」と、ジェニー。「でも、五千人の命を犠牲にするのはあんまりじゃないかしら？」

〈もうそれ以上話さないで、ジェニー〉エアウィは念じた。〈そうじゃないと、成就の決定的瞬間を前にしているのに、すべてが水の泡よ〉

「マルゴルはそうしなくちゃならないの」エアウィは唇をわなわなさせている。

「やめさせられるのはあなたたちよ」ジェニーがいった。「テツォールはどこ？　シントになにをしたの？」

「なにも」エアウィは絶望したようにかぶりを振っている。ジェニーに理解してもらうために、なにかヒントを出さなければならない。エアウィはいった。「テツォールは自分のサイコドのなかよ。マルゴルがあのサイコドにたよっているということは、テツォールがかれのなかにいるということ。それでいいのよ」

〈お願いだからわかって、ジェニー！〉

ジェニファー・ティロンはようやく事情をのみこんだらしい。

エアウィ・テル・ゲダンは安堵のため息をもらした。パラテンダーたちはふたりの会話の意味がわからなかったようす。

かれらはボイト・マルゴルがじつは先ツォッターの作品であることは知らない。先ツォッターはかれに超心理能力をあたえ、自分たちの思いどおりにかたちづくった。かれがいつの日かパラプラズマ球体のかれらのところにもどってくるために。マルゴルはパラプラズマ球体に秩序をもたらし、完全な構造体とするための、最後の一コンポーネントなのである。ネガティヴ特性を発揮していなかったら、マルゴルはとうの昔にその使命をはたしていただろう。

ジェニーとテクはこの事情を知っていた。それにエアウィ、ブラン、ダンが、マルゴルにとっては一種の調整者の役をはたしていることも。だが、先ツォッターが予測できなかった事態が起きたために、かれらもみずからの使命をはたせなかったのだ。三名は最後の瞬間にようやく介入して、事態を修正した。ボイト・マルゴルは、パラプラズマ球体の内部で、すべてのサイコドの影響圏内にはいったとき、はじめておのれの使命をはたせるのである。

この条件がようやくととのった。あとは自然のなりゆきにまかせるのみ。これが、パラプラズマ球体が完全なものになる最後のチャンスだと、テツォールもいっていた。テツォールはそのために自分のからだを放棄して、サイコドのなかにもどった。マルゴルに強い影響をあたえるためである。そのさい、かれはマルゴルが生まれてからずっとアミュレットとして頸にさげているサイコドに助けられた。クハラ＝クハランドのサイコドの臨在感が、テツォールの影響力を強化したのである。

マルゴルの精神の混乱は、ほとんどがテツォールの影響によるものだ。エアウィにとっては、マルゴルがのぞましい変化をとげているというサインでもある。かれがパラプラズマ球体に欠けている最後のコンポーネントとなるために必要な条件を満たすまで、あとすこしだ。

ジェニファー・ティロンにはわかっているはず！

ロナルド・テケナーの妻の目をひと目見て、エアウィは彼女がついに理解したと知った。

ジェニーはようやくわかった。いまではすべてが明白で、ガイア・ミュータント三名の行動の意味がわかる。だがそのときに叫び声がして、彼女の思考を破った。

ボイト・マルゴルが自分の席から跳びあがり、サート・フードを前に投げだしたのである。巨大球型艦を案内してプロヴコン・ファウストの星間物質カバーを飛行することはできないと、やっと悟ったのだ。子供のように叫び、泣いている。愕然としているパラテンダーにもおかまいなしで、姿勢を正すことすらしていない。すすり泣き、全身を震わせ、見えないパンチをうけているかのように身をよじっている。

それからマルゴルは最後の叫び声をあげ、反重力シャフトに駆けこんで姿を消した。サイコドに守ってもらおうとしているのだろう。

「あなたたちの目的は達成されたわ」ジェニーはエアウィ・テル・ゲダンにいった。

「でも宇宙船はどうしたらいいのかしら？　それとわたしたちも」

まるでそれに答えるように、司令室に振動が走った。スクリーンが暗くなり、照明がゆらめいている。サイレンがけたたましい音をたてた。

《ムーンビーム》が星間物質カバーの大渦巻のなかを、案内人もいないままさまよっている。直径二千五百メートルの超弩級戦艦は、荒れくるうエレメントにもてあそばれているのだ。

マルゴルの代役をつとめる真空案内人は、艦内にいない。

「われわれは絶望的だ」ホトレノル＝タアクがいったが、恐怖の表情は浮かべていない。かれは運命を恨む理由がないのである。なにが起ころうと、ボイトと同じ道を行くのだから。それがかれにとっての大いなる慰めなのだ。

8

マルゴルは出口のない迷宮に閉じこめられていた。あてどもなく歩き、同じ道をぐるぐるまわっているような気がする。どんどんせまくなるチューブを通りぬけ、底なしの穴に墜落したが、その穴はだしぬけに閉じ、目の前にこえられないほど高いバリアがそびえたった。障害物を突破しようと必死にがんばるが、混沌のなかで方向を知ろうとする者のように悲惨な状態だ。踵を返し、たったいま通過した地点にもどろうと焦る。だが、周囲の状況はすっかり変わっていた。風景が一変し、しかも動こうとしてもからだはいっこうに進まず、同じ場所で足踏みをしているようだ。

巨大な宇宙船がある。かれは金属の外被のなかにとらわれていた。拷問ヘルメットをつけて悪夢をみる刑がくだされる。

もう耐えられない。脱出しなければ。

マルゴルはサート・フードをはずし、おぞましい場所から逃げだした。行くべき先はわかっている。呪われた宇宙船のなかでたったひとつ、安心とやすらぎが得られる場所だ。

サイコドのもとへ！

臨在感があらゆる恐怖を遠ざけてくれて、ふたたび元気を回復できるだろう。サイコドの放射がかれを強くしてくれる。

サイコドだけがこの苦境を耐えぬく力をあたえてくれるのだ。サイコドのメッセージをうけとり、それにしたがおう。

そしてかれはそのとおりにした。

パラプラズマ構造体のあいだにいると、その力が自分にうつってくるのがわかった。ふたたびおちつきをとりもどす。臨在感がかれをなだめ、おだやかにしてくれる。力がもどってきた。どうしてパニックにおちいったのかわからない。サイコドが道をしめしてくれる。

このカオスだってかんたんに打開できる。問題を一挙に解決できる単純な方法があるのだから。

混乱に秩序をもたらせるのはかれひとり。かれだけがその力をもっている。すべきことはあまり多くはない。パラプラズマ球体のなかにはいる……それだけだ。それだけで権力の頂点に立ち、自分が大胆にも思いえがいていた夢よりも、さらに強大な存在になれるだろう。

それが全能というものだ。

偉大な存在にのぼりつめるには、どうしたらいい？

すると王のサイコドが信号を出してきた。アミュレットも同じ周波で強力なインパルスを送っている。双方が呼応し、かれの思考とひとつになった。

〈肉体がおまえを縛っているのだ、ボイト。肉体を捨てよ！　監獄のような空虚な外皮を脱ぐのだ。その監獄がおまえの発展をはばんでいる、ボイト。

どうするのかだって？　かんたんさ。百万人のレアンダーが大昔に手本をしめしたじゃないか。かれらが待っている、ボイト……われわれがてつだうから。ついてくるんだ！〉

それはほんとうにかんたんだった。肉体を断念してそこから脱出し、次元のバリアを打ち抜き、高次存在形態になるのはたやすい。

これが成就だ。これこそ、かねてから望んでいた成就のかたちなのである。ただ、かれはこれまでおのれの無意識の衝動を認識できていなかった。それで代用の解決を追求していたもの。だがそれも永遠に過去のことになった。

なぜならかれは肉体をなくし……膨張しはじめたからである。球形の物体が縮み、自分がたったいま出てきた次元で消えるのが見えた。《ムーンビーム》である。一方、かれはどんどん大きくなり、直径が五光年もある球形の中空構造体になった。

かれ、ボイト・マルゴルは、パラプラズマ球体の一部になったのである。しかもたんなる部分ではなく、百万の肉体のない者のなかでいちばん重要なコンポーネントだ。かれは混沌状態の解決をはかる平和エレメントになった。秩序と完全性をもたらすのである。

ボイト・マルゴルだった当時は、絶対者になろうと努力してはたせなかった。だが肉体のない者となったいまは絶対的存在となり、百万の肉体のない者を助け、かれらの使命を達成させる役をになっている。

かれはプロヴコン・ファウストの星間物質カバーとなった。なめらかな表面をもつまるい中空構造体は、安らかで満足している。

探求者はついに平安を得た。数十万年をへて、ようやく円が閉じたのである。

*

ロナルド・テケナーは一か八かの勝負に出た。宇宙船がパラプラズマ球体の大渦巻で押しつぶされるのであれば、どっちみちそれ以上失うものはない。《ムーンビーム》がふたたび振動しはじめたとき、かれは見張りを突きたおし、反重力シャフトに突進した。パラテンダーたちはまったく反応せず、武器すら向けない。反重力シャフトで下におりる前にかれは全周スクリーンを一瞥し、HÜバリアがゆらめきはじめているのを見た。

エネルギー・バリアが崩壊し、乗員が宇宙の猛威に無防備でさらされるまでにあまり時間がない。艦長は超弩級戦艦をコントロールしようと必死だ。だが、かれに勝ち目はない。テケナーは、自分たちの状態が絶望的だとわかっていた。

なぜ脱走したのか、自分でもよくわからなかった。だが、この状態を招いたマルゴルが責任から逃れようとしているのが、かれの正義感にさわったのである。ネガティヴ・ミュータントの責任を追及したいものだ。それが生きているあいだにする最後の仕事であるにせよ。

サイコドの貨物室があるデッキにきた。テケナーはマルゴルがそこにひきこもっているという確信があった。ほかにどこがある？

途中でパラテンダー数名に会ったが、かれらは道を妨害しなかった。驚きのために硬直している。大きなハッチに出た。見張りがついていない。だがハッチを開けたテケナーはそこに見張りがいるのを発見。いや、正確にいうと、かれらののこしたものがあったのである。縮んだミイラのようなものが二体。それは人間とは似ても似つかず、枯れた根のような印象だ。

「マルゴル！」

テケナーは貨物室に突進した。だが遅すぎた。周囲の空気は氷結している。サイコドの真ん中で浮遊しているマルゴルは、パラプラズマ芸術作品とともにたちまちちいさくなった。かれはサイコドとともに、遠方の高次空間にあるらしい焦点に集められていく。それからすべてが同時に音もたてずに内破していった。

テケナーは呆然としている。マルゴルとサイコドは虚無のなかに溶けてしまった。いかれは自分の脈拍が平常にもどるのを感じた。細胞活性装置の放射が効果をあらわし、からだが安定してくる。ようやく自分がなにを目撃したのかわかってきた。だがまだそれは漠然とした予感にすぎない。なにしろ、すべてがあまりにも突然起こったのだから。

司令室にもどる途中に遭遇したパラテンダーは、だれもが無感覚の状態に見えた。かれらはマルゴルの消滅を精神でともに体験したらしい。

パラテンダーのひとりがテケナーに手をのばしてきた。とっさに防御姿勢をとる。だが、パラテンダーの目を見たかれはすぐに緊張をといた。この男は危険ではない。すべてのパラテンダーはかれら自身の影にすぎなかった。

「どうしたらいいのだろう」と、男は不安げにいった。「すべてがわたしから消えていった。どうしようもない空虚感が……」

テケナーは男の肩をたたき、そのまま去った。反重力シャフトに向かう途中にもパラテンダーたちに会ったが、かれらは壁によりかかり、朦朧としてかぶりを振り、床にしゃがんで自分の前をただ見ている。もうマルゴルはいないのだと、だれもがわかっているのだろう。

かれらはどうなるのだろうか？

司令室内も似たような憂鬱な雰囲気だった。だが当直の要員は勤務中なのでくよくよ悩んでいる時間がない。全員が配置につき、艦長は主制御コンソールの前にすわって、計器類をたくみに操っている。

ジェニーはほっとしたようにテケナーの手をとった。

「これで終わりね」と、彼女。「乗員たちが船をコントロールしてくれるわ。パラプラズマ球体がしずまったから、わたしたちが星間物質カバーの内部で死ぬこともない。ハイパーエネルギー性乱流もなくなって、あるのは星間物質の渦だけよ。ボイト・マルゴルが調節してくれているのよ。かれは肉体のない者になって、おのれの使命をなしとげたのね」

ジェニファーは急《せ》きたてられているように早口でまくしたてた。立て板に水である。

「でもいまは笑っておくれ」テケナーは彼女の言葉の洪水を堰《せ》きとめようとしていった。妻がほほえむ。抱きあったままふたりはガイア・ミュータントたちのところにいった。かれらはそれほど幸福そうではない。

「この世の終わりではないのよ、ブラン」ジェニーがはげます。

「そうだね。プロヴコン・ファウストは救われたんだし」と、過去センサーが暗い口調でいった。「ボイトはパラプラズマ球体の自分の場所につき、テツォールがさだめたように球体に平和をもたらしている。星間物質カバーを飛行するときにも、もう真空案内人はいらない。われわれ、ヴィンクラン人の助けがなくてもガイアにもどれるというわけだ」

「それなのに、なぜそんな深刻な顔を？」テケナーがたずねる。

ブラン・ホワツァーは肩をすくめ、そっぽを向いた。エアウィ・テル・ゲダンがかれのかわりに答えた。

「わたしたち、マルゴルのメタモルフォーゼをいっしょに体験したの。かれが肉体を断念し、肉体のない存在形態に変わるプロセスに直接参加したのよ。それは……たいへんな体験だったわ。でも、わたしたちはテツォールの計画の一部分ですらない。同じ道を行きたいと望んだのに、テツォールはわたしたちに合図すらしなかったわ」

「かれはきっと、そのほうがあなたたちにとっていいと考えたのよ」ジェニーは思いやりのこもった口調でいった。「あなたたちの居場所はここ、わたしたちのところなのよ、エアウィ」

「わたしたち、いまでもマルゴルに属しているわ」エアウィ・テル・ゲダンはすぐにいった。

「なんだって？」ふたたびテケナーに緊張の色が走る。かれは、自分たちの活動に没頭しているように見えるパラテンダーたちにも疑いの目を向けた。ホトレノル＝タアクだけがぽつんとさびしそうに立っている。

「あなたたちには聞こえないでしょうけれど」と、エアウィ・テル・ゲダンがいった。

「超心理的傾向があるわたしたちは、マルゴルのメンタル・インパルスがわかるの。インパルスは一定したプシオン定数で、依然として強いわ。たぶんこのインパルスは銀河全体にひろがっている。わたしたちはこれを〝マルゴルの大波〟と名づけたの」

「標識灯だ」テケナーが合点したようにいった。「レアンダーはかつてパラプラズマ球体を、宇宙の標識灯とするために創造した。きみたちがいっている〝マルゴルの大波〟で、その目的が達成されたのかもしれない」

ジェニファー・ティロンは夫からはなれ、ホトレノル＝タアクのところに行った。

「まだパラテンダーでいるの？」と、ラール人に質問する。

「ボイトはわれわれのなかでも死んだ」と、ラール人。

「じゃあどうして憂鬱そうなのかしら？」ジェニーはたずねた。ラール人が答えないので彼女はさらに畳みかけて、「自分の運命に不平をいうより、もうだれにも従属しなくてすむのをよろこべばいいのに。マルゴルが消えたからといって孤独を感じる必要はないのでは……」

「新しい存在を手にいれたボイトがうらやましいよ。わたしには理解できず、謎めいているが」と、ホトレノル＝タアク。「なぜわたしはマルゴルの大波すら感じられないのだ？」

「あなたはもうそれを克服したのよ、ホトレノル」ジェニーが自信たっぷりにいった。

「あなたの次の計画は？」

「わたしになにができるのか……」ラール人は言葉につまったが、やがてきっぱりとした声で、「いや、まだすべきことがある。テンペスターに責任を感じているから、かれらを助けてやりたいんだ。かれらをよく知っているアラスがいるのでね。アルラカンドという名だ。かれなら、テンペスターたちが正常な生活にもどれるようにしてくれるだろう」

全周スクリーンに目をやったジェニーは、《ムーンビーム》が星間物質カバーを出て、プロヴコン・ファウストの内部にいるのを確認した。

「ロクティン＝パルの艦隊と交信できます」と、艦長。「ロクティン＝パルは全艦船とともにガイアにもどる途中です。宇宙船を正当な所有者にもどし、乗員たちをかれらの友や家族のもとに帰すそうです。われわれ、ガイアの宙域で《ムーンビーム》を艦隊に合流させるということでよろしいですかな？」

質問はホトレノル＝タアクに向けられていたのだが、ロナルド・テケナーが合図を出した。

「オーケイ」と、テケナー。「ロクティン＝パルとガイアの軌道でおちあおう」そしてホトレノル＝タアクのほうを見て、「そこからわれわれは高速連絡船で太陽系に飛行する。あなたもいっしょにきますかな、ホトレノル？」

「いっしょに行くよ、テク。だが、まずはテンペスターの支援作戦を計画しなければ」

《ムーンビーム》は加速し、一回のリニア飛行でプロヴ星系までの二光年の距離をこなした。ロクティン＝パルがまだパラテンダーだったときにひきいていた百六十七隻は、すでにさまざまなルートで第三惑星に向かって飛行している。もう統率のとれた艦隊のかたちはとっていない。

多くの移住者をひとつの共同体にまとめあげていたマルゴルへのプシ親近感が消えたことで、ガイアでは当初は若干の問題が起きるかもしれない。冒険家や山師たちは、幻影を追いもとめていたのだと突然気づいたら、どう反応するだろうか。だが、時間の経過とともに状況はおのずと正常化するだろう。

＊

「マルゴルの大波はテラでもキャッチできますが」と、ブラン・ホワツァーがいった。

「プシ能力者にとってはとくにじゃまではないし行動半径を狭《せば》めるものでもない。ただいつもそこにあって、つねに感じられるということ。夜も眠れずに悩むような心配はないかと」

ジュリアン・ティフラーはガイア・ミュータント三名、ロナルド・テケナーと妻ジェニファー・ティロンの公式報告を読み、分析のためにルナの大型ポジトロニクスのネーサンに転送した。そしていま、関係者たちがさらに報告の精度を高めるため、インペリウム＝アルファのかれの執務室に集まったのである。ホトレノル＝タアクだけはこの会議に欠席することを願いでたが、自由参加の集まりだったから、かれの願いは聞きいれられた。そのかわりにホーマー・G・アダムスが出席し、パラテンダーの救済に功績があった異種族心理学者フェレンゴル・タティも同席している。

タティ教授がブラン・ホワツァーにつづいて発言した。

「わかります。このプシ放射の測定に成功したのでね。とくにむずかしくはありませんでした。装置の微調整が必要だったぐらいで。あなたからマルゴルの大波の報告をうけ、すぐに作業にかかりました。銀河外監視所の同僚にも測定を依頼しましたが、かれらもマルゴルの大波を探知できたそうで」

「パラテンダーがいなくなっても、仕事を失う心配はないな、タティ教授」と、ジュリアン・ティフラー。「きみはフィリバスターのドッペルゲンガーの件でもかなり尽力してくれたが、そのときにはあまりうまくいかなかったようだが」

「いまではエアウィ、ブラン、ダンの支援を期待できますから、うまくやれると思います」と、異種族心理学者は答えた。「マルゴルの問題が解決して心配ごとが減ったぶん、ドッペルゲンガーのほうに力を注げるわけで」

「あとは宇宙震の問題だな」ホーマー・G・アダムスが割ってはいった。「だがもう一度プロヴコン・ファウストの件にもどろう。暗黒星雲の問題はGAVÖKの仕事だと思う。あらたな状況は近い将来いくつかの変化をひきおこすだろう。真空案内人としての職を失ったヴィンクラン人とテクヘターをどうするか。プロヴコン・ファウストに自由にはいれるようになると、通過交通が多くなるだろう。GAVÖKが統制をしく必要性も考えられる。ツォッターのこともあるぞ。かれらはパラプラズマ球体の妨害放射にさらされなくなるから、精神が自由に発展するようになる。今後どのように変化していくかはだれも予測できない。ヴィンクラン人のミュータント能力もすくなくとも部分的にはパラプラズマ球体の影響ではなかったのか？　かれらはマルゴルの大波をどう感じているのだろう？」

「ネガティヴには感じていないはずです」と、ダン・ヴァピド。「今後はツォッターとヴィンクラン人のことを考えなければならないという提案には、わたしもまったく同意見です。かれらも銀河系の住人ですし、GAVÖKにうけいれられてしかるべきですからね」

「この件についてもネーサンが現在解決案を練っているところだ」ジュリアン・ティフ

ラーが説明した。「ムトグマン・スセルプとの次の話し合いの結果も教えてくれたまえ。わたしが関心をもっている問題に対して、ネーサンはすでに立場を明快にしている。だがその答えはとても満足のいくものではないのでね」

ティフラーはひと呼吸おいた。聞き手たちの期待に満ちた沈黙は都合がよかったが、べつにかれらの注意をひこうとして黙ったのではない。問題点をもう一度頭のなかで整理するためだ。

かれは、ほかに名前がなかったので先歴史学者たちが便宜上〝先ツォッター〟と呼んでいたレアンダーの歴史を、ある程度知っている。臨在幻影のなかでそれを経験したテケナーとかれの妻と同じ程度は、という意味だが。

レアンダーたちのために星間物質カバーをつくったペトロニアーについても知っている。レアンダーたちは精神化してそのなかにはいっていった。この出来ごとでは、宇宙の技術屋たちはたんなるわき役にすぎなかったもの。だがかれらが銀河系諸種族に影響力を発揮しているのは、未知存在が銀河系にやってきて、荒らしまわったという当時の事情によるものだ。この荒々しい軍団、すなわち〝ガルベシュ軍団〟の身の毛もよだつふるまいのために、銀河系では防衛の目的で武装と軍備拡張が必要になり、ペトロニアーも上昇志向を呼びさまされたのである。

だがティフラーにとって重要なのはそこではなかった。かれにとって、ペトロニアーはわき役にすぎず、ガルベシュ軍団こそが運命を決する力を持っている。レアンダーはこの銀河の危険にさいし、〝未知勢力〟から、精神に宇宙標識灯をともす任務をあたえられたのではあるまいか。

いまやこのプシたいまつ、マルゴルの大波は燃え、銀河を満たしている。だがガルベシュ軍団はかなり前から消息不明だ。五万年前の第一次人類の時代に銀河系からすでに消えていたことが、確実視されている。

「わたしはネーサンに、マルゴルの大波が現時点でどんな目的をはたせるのかたずねた」首席テラナーは話をつづけた。「それと、そんな昔にどのような力がレアンダーたちを鼓舞し、マルゴルの大波を活性化させたのだろうかと。それだけじゃない。本来はだれがそれに反応し、呼びだされるはずだったのだろう。〝それ〟か？　ほかの超越知性体か？　あるいはわれわれがまだまったく知らない勢力か？　ネーサンの答えが価値のないものだからといって、きみたちをむだに苦しめるつもりはない。ルナのポジトロニクスは、満足のいく答えを出せなかった。その計算には、考えられないほど多くの推測がふくまれていたのでね。だから以前とくらべてわたしに知識が増えたわけではない」

「謎は謎のままなのね」ジェニファー・ティロンはぼんやりと考えにふけっている。数十万年も前にはじまった先ツォッターの作戦が成功裏に終わったのに、全体の意味がいまだに明らかにならないのが不満だったのだ。

さらに不満なのは、この謎がいつ完全に解明されるのか見こみがたたないこと。

ジュリアン・ティフラーは、謎を解明するために行動を起こしたりはしないだろう。LFTは、肉体のない者の使命を探るよりも、もっと銀河系の存亡にかかわる問題をかかえているのである。

マルゴルの大波だけが、この銀河のエピソードを思いだすためのよすがとなるだろう。

あとがきにかえて

赤坂桃子

第二八七巻『レディと蛮人』以来、途中でしばらく中断していた時期があったものの、十年あまりのあいだ宇宙英雄ローダン・シリーズの翻訳者グループに加えていただいたが、それも本巻で最後になった。

振りかえってみると、印象に残っているのは、やはり最初に訳出したクラーク・ダールトンの「天空の金属」（第二八七巻所収）である。ペリー・ローダン、アトラン、ネズミ＝ビーバーのグッキー、ハルト人のイホ・トロト、ラス・ツバイといったおなじみのキャラクターが勢揃いで、頭部に「とさか」のあるグリーンの皮膚の飛翔動物アスポルコスも傑作だった。それに、依光隆画伯が描かれたこのアスポルコスが、なんともかわいくユニークで忘れられない。

そして第三七九巻の『人類なき世界』。時間の井戸を通ってテラにもどってきたアラスカ・シェーデレーアを待っていたのは、人類がいなくなり荒涼とした地球だった。人影のないヴァティカンのサン・ピエトロ広場。地球の側の視点で書かれた地味な物語だが、心にしみる内容だった。

本シリーズの翻訳の予定は早めに立てられているから、やめることもかなり以前に決まっていたのだが、いざその時期を迎えてみると、わたし自身が予想もしていなかったような「岐路」に立たされていた。一年ほどのあいだに、自分を取り巻く環境が大きく変化してきたのである。両親の健康状態の悪化などの家庭事情で、還暦という節目の年齢も近いわたしが、以前よりも身を粉《こ》にして（翻訳以外の場でも）働かなければならなくなったのだ。「ゆとりの老後」って、どこの世界の話でしょう、というのが実感だ。

しかし年齢のとらえ方も時代とともに変わってきている。先日、第二次世界大戦中のドイツを舞台にした小説を訳していたのだが、「まもなく六十歳に手がとどくグスタフ老人は……」というくだりで抵抗を感じ、思わずパソコンを打つ手が止まってしまった。六と七を訳し間違えるという、たいへん恥ずかしい悪癖があるので、もう一度目をこらしたが、たしかに「六十歳」とある。七十年ほど前には、六十歳はりっぱな老人だったのだ。調べてみたところ、たとえば第二次世界大戦後の一九四七年の日本人の平均寿命は、男が五〇・〇六歳、女性が五三・九六歳だった。ドイツの統計はもう少し年齢が高いようだが、この作家の記述はけっして間違ってはいない。しかしいまは多くの人が八十歳以上まで生きる時代である。年金の支給開始年齢も、日本では現在の六十五歳からさらに引き上げられるかもしれないという。

どうやら宇宙英雄ローダン・シリーズの降板時期と、自分の生き方の見直しを迫られる時期が、偶然にも重なったようだ。七十年前に生きているのではないので、すぐに人生の舞台から降りるわけにも、いかないらしい。ということで、この先、どちらに向かって舵を切っていくのか自分でもわからないが、ひとまずはここで小さな終止符をひとつ打ちたいと思う。

最後に、これまでわたしの翻訳を読んでくださった読者の皆さまに、心より御礼申し上げます。ほんとうにありがとうございました。

訳者略歴　1955年生，上智大学文学部ドイツ文学科・慶應義塾大学文学部卒，独語・英語翻訳者，独語通訳者　訳書『オービターの無敵艦隊』エーヴェルス（早川書房刊），『読書について』ショウペンハウエル他多数

HM=Hayakawa Mystery
SF=Science Fiction
JA=Japanese Author
NV=Novel
NF=Nonfiction
FT=Fantasy

宇宙英雄ローダン・シリーズ〈471〉

マルゴルの大波《おおなみ》

〈SF1953〉

二〇一四年四月二十日　印刷
二〇一四年四月二十五日　発行
（定価はカバーに表示してあります）

著者　エルンスト・ヴルチェク
訳者　赤《あか》坂《さか》桃《もも》子《こ》
発行者　早川浩
発行所　株式会社早川書房
郵便番号　一〇一 - 〇〇四六
東京都千代田区神田多町二ノ二
電話　〇三 - 三二五二 - 三一一一（大代表）
振替　〇〇一六〇 - 三 - 四七七九九
http://www.hayakawa-online.co.jp

乱丁・落丁本は小社制作部宛お送り下さい。
送料小社負担にてお取りかえいたします。

印刷・信毎書籍印刷株式会社　製本・株式会社川島製本所
Printed and bound in Japan
ISBN978-4-15-011953-9 C0197